清末民初文獻叢刊

癸卯東游日記

乙巳東游日記

張謇 著
陳榮昌 著

朝華出版社
BLOSSOM PRESS

圖書在版編目（CIP）數據

癸卯東游日記 / 張謇著. 乙巳東游日記 / 陳榮昌著
. -- 北京 : 朝華出版社, 2018.7
（清末民初文獻叢刊）
ISBN 978-7-5054-4273-3

Ⅰ. ①癸… ②乙… Ⅱ. ①張… ②陳… Ⅲ. ①日記－作品集－中國－近現代 Ⅳ. ①I266.5

中國版本圖書館CIP數據核字(2018)第120198號

癸卯東游日記　乙巳東游日記

作　　者　張　謇　陳榮昌

選題策劃　楊麗麗　尚論聰
責任編輯　劉小磊
特約編輯　齊　芳
責任印制　張文東　陸競贏
封面設計　劉敬偉

出版發行　朝華出版社
社　　址　北京市西城區百萬莊大街24號　　**郵政編碼**　100037
訂購電話　（010）68996618　68996050
傳　　真　（010）88415258（發行部）
聯系版權　j-yn@163.com
網　　址　http://zhcb.cipg.org.cn
印　　刷　藝堂印刷（天津）有限公司
經　　銷　全國新華書店
開　　本　880mm×1230mm　1/32　　**字　　數**　153千字
印　　張　9.75
版　　次　2018年7月第1版　2018年7月第1次印刷
裝　　別　精
書　　號　ISBN 978-7-5054-4273-3
定　　價　75.00元

出版前言

中國自一八四〇年鴉片戰爭以來，傳統的農業文明在西方的堅船利炮轟擊之下徹底被顛覆，有擔當的知識分子苦苦追尋，思索社會改革的途徑。從最初的『師夷長技以制夷』到『民主制度，天下之公理』（梁啓超語），他們發現要『强國富民』，首先要『開啓民智』，衹有民衆擁有了獨立思想和批判精神，國家纔能實現真正的强大。在此後一百年的時間裏（一八四〇—一九四九），思想者們從社會變革深入到國民性的改造，用每一部作品見證着中國近代化的遞變歷程。這是一個極其重要的時代，《清末民初文獻叢刊》正是收録了這一時期的作品，大部分書籍都是早期版本，有着極高的文獻研究價值。

清末的中國經歷了『三千年來未有之大變局』（李鴻章語），大清王朝面對西方列强的艦炮，表現得驚慌失措。尤其是鴉片戰爭，使『天朝帝國萬世長存的迷信受到了致命的打擊，野蠻的、閉關自守的、與文明世界隔絶的狀態被打破了』（《馬克思恩格斯選集》）。一批士大夫知識分子，尤其是在歐美諸國擔任使臣或者游歷的知識分子最先覺醒，着眼于對西方國家的考察，進而反省本國政治制度的劣勢，可以視作『啓蒙』的端倪。如曾擔任駐英公使（兼任駐法公使）的郭嵩燾在《使西紀程》中以日記的形式記録了自己對歐西諸國的觀感，他在考察了英國的政治制度之後，發現英國政府官員收入超過三百磅者與普通老百姓一樣同等納税，他説：『此法誠善，然非民主之國，則勢有所不行。西洋所以享國長久，君民兼主國政故也。』他明確提出了『民主』，在國家的管理問題上，人民也有參與的權利。他在該書中所披露的西方政治、經濟、文化等領域優于大清帝國這一事實觸動了保守派的神經，立刻遭到保守派群起而攻之，進士何金壽彈劾他『有二心于英國，欲中國臣事之』，他家鄉湖南的民衆對他更是痛加詆毀，以至于滿城揭帖，誣蔑他『溝通洋人』，在這種群情洶洶的情況下，朝廷最後下旨將《使西紀程》毁版，從而使該書成了禁書。然而，書雖被毁版，却不能堵死民衆的傳播與閲讀的途徑，上海的《萬國公報》依舊連載該書，張佩綸曾説：『朝廷禁其書，而新聞紙接續刊刻，中外傳播如故也。』從某種意義上來説，啓蒙是時代的需要，盡管清政府發諭旨禁了該書，民衆乃至一些朝廷大員却依舊在私下閲讀，以便瞭解外部的世界。進步的社會是開放性的，任何企圖『閉關鎖國』的努力都意味着歷史的倒退，祇有開放，與整個世界文明保持同等的步伐，纔能實現真正的强國之夢。當大批知識分子走出閉鎖的國門，親歷了文明的洗禮之後，也就把啓蒙的智識帶回了中華大地。容閎的《西學東漸記》，梁啓超的《新大陸游記》，崔國因的《出使美日秘日記》等一大批作品介紹了海外諸國的政治、經濟、軍事、外交、文化。雖然這些作品在認識上仍然帶有時代的局限性，然而却是那時最爲珍貴的聲音。

另一方面，在學術上，中國文化母體内『經世致用』思想與資産階級思想相結合，也喚起了變革，以康有爲、梁啓超爲首的改良派試圖通過自上而下的革新以實現變革。康有爲的《新學僞經考》《孔子改制考》就是借經學之表論資産階級學説之裏的著作，康有爲的弟子梁啓超更是通過《新民説》一書提出國民性改造。與早期啓蒙者『師夷長技』的器物文明引進不同，梁啓超上升到形而上的精神領域，從文化心理上更加徹底地進行變革。梁氏是清朝末年到民國初年一個橋梁式的人物，被譽爲『輿論之驕子，天縱之文豪』，其影響力不但在學術領域，同時還在文學領域，他所倡導的『詩界革命』得到了譚嗣同、黄遵憲、丘逢甲等人的響應，黄遵憲的《日本雜事詩》，丘逢甲的《嶺雲海日樓詩鈔》都體現了這種主張。這一主張要求反映新的時代和新的思想，用『我手寫我口』（黄遵憲語）的方式直抒胸臆，對長期占詩壇主流的擬古主義、形式主義産生了巨大的衝擊，解放了寫作者的心靈和頭腦。

與社會變革同步的是早期對西方思想著作的翻譯，這裏面影響最大的是嚴復，他翻譯的《天演論》《社會通詮》等書直接孕育了民國一代的知識階層。魯迅、胡適等人在文章中都曾提到《天演論》對他們思想所産生的震撼。與嚴復略有不同的另一位翻譯家是林紓，他的譯作雖然參差不齊，但却在更細膩的心靈層次對讀者産生影響，許壽裳曾回憶，他和魯迅都熱衷于林譯的小説，如《巴黎茶花女遺事》《黑奴籲天録》《迦茵小傳》等作品。

辛亥革命之後，進步社會思潮成爲主流，比之清末思想啓蒙者『求存』的追求，民國以來的知識階層深入到了更加細微的肌理，一方面呼唤社會變革，另一方面進行點滴的建設，革命并不能使所有的一切一蹴而就，在更加深廣的領域，事物的改變是由微觀而宏觀。通俗地説，比之于革命，建設的意義更大。如《中國商業史》《中國教育史》《中國倫理學史》《中國哲學史大綱》《中國小説史略》等一大批作品都是進行系統的梳理與建設的理論作品。其中，以胡適和魯迅二人的影響最大，他們的作品一紙風靡，從而成爲新文化運動的主力人物。

《清末民初文獻叢刊》收録的文獻大致上可以分爲三個階段，其中龔自珍、張之洞、魏源、郭嵩燾、薛福成等人的作品可視爲『早期啓蒙』，康有爲、梁啓超、黄遵憲、嚴復、林紓等人的作品可視爲『中期啓蒙』，胡適、魯迅、蔡元培等人的作品可視爲『晚期啓蒙』。當然，這種劃分并非嚴格意義上的，大部分啓蒙思想者隨着時代的變化，其思想在不斷進步。縱觀整個近現代史，可以發現，要求變革不是在某一個領域，由某一類人發起和完成的，而是全社會的要求。變革，已經成爲全社會的共識。

從清末民初的文獻中，我們能够發現一種豐富性。這些作品涉及政治、經濟、軍事、教育、外交、宗教、心理、情感等方方面面，從内而外地净化着中國兩千年以來的封建積習。它不衹是對社會的改造，更是對人心靈的重塑；它首重國家社會之建設，同時亦重靈魂心智之唤醒；它是宏大的，也是微觀的；它是嚴肅莊重的，也是活潑靈動的；這些作品結構精巧，思想内容深刻，擁有濃厚的人文主義色彩，對推動社會主義建設，實現中國夢有重大意義，是近現代中國一百年來最宏富的智識與情感的寶藏。因此，整理這些文獻作品，無論是出于資料保存的目的，還是爲圖書館提供資料副本，都有不可估量的意義。

特定時代下的文獻，當它一旦形成（既指草擬，創作的完成，也指其成爲一個載體），就不可再複製了，也就意味着它將面對消亡。對于文獻資料而言，越接近歷史事件發生的時代記録，越具有研究價值。文獻本身具有不可再生性，它衹會消亡，而不會增多。盡管文獻本身的文字可以保留下來，并進行傳播，却失去了當時的時代氣息。當時的作品可能在技巧上，文字的成熟度上不及當代，但它所負載的信息，創作者的情感都反映了當時的歷史，也就是説，它具有不可替代的歷史意義。

影印的版本有三個特點，第一是擁有文獻的『原始性』；第二個特點是『未經改動的』；第三個特點是『歷史的原貌』。所謂『原始性』，也就是説，它是第一手資料，而非轉述的，回憶形成的；『未經改動的』，是指未被篡改、删節、挖補的；『歷史的原貌』是指在影印製作過程中，完全依照文獻的原來模樣……這樣製作出版的作品，無异延續了文獻的壽命。

近現代思想史上的一個最重大的思潮就是『開放』，從林則徐的『開眼看世界』到蔡元培的『兼容并包』，都是在倡導一種開放式的胸襟。而《清末民初文獻叢刊》最有魅力的部分就是『開放』這一主題，衹有融入到世界文明發展的進程中，中華文明纔能歷久彌新。

《清末民初文獻叢刊》編委會

二〇一七年四月十四日

凡例

一、《清末民初文獻叢刊》（以下簡稱『叢刊』）爲影印本，舉凡所用之底本，均爲該書之早期版本。有清末刊本，亦有民國印本。

二、《叢刊》均依底本影印，未予删改，僅代表作者個人觀點，不代表官方立場；原刊本有誤，不予校改，以保留文獻之原貌。

三、《叢刊》所用之底本，因時日久遠存在漫漶的情况，均進行了修復；底本闕文、印刷不清，均保留原貌。

四、爲讀者閱讀之便，《叢刊》中之舊底本目録未標記頁碼者，編了目次；原底本有頁碼和目録，未予重複編目。

五、爲保持文獻的原始風貌，影印本保留了原書書影（原書爲多册，則保留第一册書影）、扉頁等信息。所用底本無相應信息者，則不予妄添，以免錯訛。

目録

癸卯東游日記

癸卯東游日記

通州張謇自題

癸卯東游日記

四月

二十五日定附日本郵船會社博愛丸東行（日人采用歐美法皆自定主名名必用字之本義華言輪船日謂之汽船汽水氣也聞當時徧繙康熙字典而定此名猶華言公司日謂之會社他似此者不勝數蓋融歐法日俗而括以華之雅言名必從主人亦作事不苟之一矣）自丙戌會試報罷卽謂中國須振興實業其責任須在士大夫因先事農桑竭八年辨論抵持爭進之力僅成一海門蠶業甲午後乃有以實業與教育迭相爲用之思經畫紡廠又五年而後著效比時卽擬東游考察會世多故讒言高張懼不勝其描畫而止今年正月徐積餘自江甯寄日本領事天野君博覽會請書來乃決

二十六日午後送行裝至博愛丸與叔兄蟄先子培蘇堪話別並送至

舟子培是夕亦附江輪至九江子培久於刑曹又博識五洲之事國家近改設外務部復議修改法律而子培以江西廣信知府一麾出守

二十七日早七時開行　日人自甲午後創赤十字社造宏濟博愛二丸用日金一百萬圓無事則租與郵船株式會社歲徵租金五萬圓分二十年歸其造本常時修理之費則郵船會社任之聞歐人近造戰船亦用此法有戰事則配礮無戰事則經商國家省平日養船之費兵商有聯爲團體之思良法也二丸寬長與載重均同艙位三等上等墨銀五十五圓往復則七五折二等三十三圓三等十三圓博覽會規則有減二成之說既以往復減折則不加拆同行者章靜軒亮元章中子孚金平季永安徐思濬有臨靜軒故留學成城學校以事歸而復東中子初往學金徐則挈以學工業者也邂逅而偕者蔣

伯斧黼故農會友沈小沂兆祉再宜同年之弟也坐上等十三號賴十四號給仕（日語謂使令人）張承訓通語而便承訓十二歲至日今二十四歲中嘗四至美洲又在香港二年供使馴謹而自病其業賤有智識矣行經大七小七水猶微黃色更東則漸綠至水正黑處浪漸大距其五島不甚遠船益震動是日東南風故不猛聞人言凡經此雖極無風必有浪卽無風船亦動盪異他處意海至深處猶元史言瑠求之落漈歟

二十八日午後經五島島之西南角有燈塔林木秀茂山上皆有田梯田法也麥已轉黃林際時時見炊煙島絡繹不絕歷一小時許七時抵長崎時已曛黑但見入口處島嶼參錯海色映空樹影森森可辨而已下椗後望見南岸山市燈火上下成列北岸略稀

二十九日黎明關人來驗病二三等艙皆察脈上等立視客而數之符

客單之數卽去早餐後與伯斧靜軒諸人登岸訪町村小學校經其東明山寺寺門在山麓頗似杭州靈隱山門內有私立鶴鳴女子學校緣石徑數折而登至一小門日人某先入爲介入見教室女子二十餘人席地坐內向一教員面外立黑板寫菅原去年今日侍淸涼七言絕一首口授之一室二十餘人列坐據矮几臨毛筆畫花卉內又一室十餘女子事鍼黹蓋特別裁縫教室室皆不大敎畫室光從右入若回而取左光則又面壁不便教授人故知因地而遷就爲之者市町村小學似此正多女子皆紫裙（日人謂之袴）見客略一定瞬習業如故既又至伊良林尋常小學校校舍皆樓去年落成容童子六百餘十教員教之其校長一瀨秀太郎兼訓導視其一覽表地價一萬三千餘營造費二萬八千餘豫算歲支四千餘教員俸金自每月十二員至三十餘員皆自膳宿直者別有支給教室光綫數

足當其平方面積惟空氣似不足室蓋容三十二坐几几並二人簷與承塵高不過八尺也授業料少者月十五錢不足則取資於地方稅之補助物理標本模型皆簡校長見客處一人供茗琖餘無役人余向謂中國興學之難在學生食宿費多其食宿費多仍由於學校少而從學者多去其鄉也觀此益有徵其西爲師範學校以開船時促未暇往觀東明山寺門內有福建曾氏墓碑而無墓東人死皆火化葬以罐皆附寺寺皆依山葬處占地方或二三四尺大者不過丈上皆有志石如方幢高下不一字皆深刻皆不草草寺殿有明唐王隆武元年太師招討使黃斌卿題牓必其乞援時事也（按順治二年明南都陷江北總兵黃斌卿遁歸唐王立斌卿上恢剿事宜唐王善之封斌卿肅鹵伯令屯兵舟山其至日本當在此時）回時開行海僅微風所見島嶼星羅棋布斜日掩映林木間濃蒼儁翠下瀲波

底角力岩中空一門東西洞達安期羨門疑可招手而呼日人治國
若治圃又若點綴盆供寸石點苔皆有布置老子言治大國若烹小
鮮日人知烹小鮮之精意矣晚過平戶島民燈火數里不絕遠映波
面光若浮空不知其爲海上也
三十日晨三時至馬關關人復來驗病如前馬關與門司隔岸相對門
司即馬崎之轉音礦煤之出率集於此午刻開行過此入瀨戶內海
矣
五月
一日晨三時至神戶關人來驗病如昨四時登岸孫實甫李光泰相迓
遂同至東源益源小坐東源光泰所設店益源實甫店也光泰爲置
酒見甬商吳錦堂作鎮同席者前江西鄱陽縣知縣陳子豐祥燕子
豐壬辰前輩與叔兄稔亦甬人閱報知是日振貝子那侍郎回國與

伯斧同訪楠公社水族館水族數十種小者內障琉璃外距數尺疊石四周中空蓄水上下有小琉璃水管注新泄陳以換空氣鱗介游泳猶在波間能舉其名者十僅二三大者若鱷若瑇瑁若海驢皆各甃小沼畜之覆以鐵網有一鱷骨長二丈許旁有賣水族一斑圖者三時與實甫伯斧諸人同附汽車至大阪住高麗橋清賓館館爲華商集貲所賃以待中國官紳商之來赴博覽會者實甫惡清韓協會之名特賃是以別之有房八十餘間庖湢具備窗戶脩飭然則猶知愛國者華商也商眞不負國膳貲按中格每噸一席三圓五角寄叔兄訊

初二日早餐後實甫來同至博覽會以請帖易其優待票入場會場在大阪市天王寺今宮爲日本第五次內國勸業博覽會規地凡六十萬餘方尺館舍凡九萬餘方尺聚其國內所產製物品分列農業園

藝林業水產礦冶化學工藝染織工業製作工藝機械教育學術衛生經濟美術及美術工藝爲十門一門之中又各分類以八館處之別列參考館置各國之物品中國止江鄂湘齊蜀閩六省有陳列出品鄂品有漢瓦當唐經幢勸業以開來而此以彰往若移置中國博物院差不倍耳日人自明治十年始以官帑經理民間農工實業爲第一會此後十四二十三二十八年續舉二三四會增長發達自二十八年始皆先於各府縣郡設小會以摩厲之非精能者不以入大會良工不示人以樸之道也中國六省彼此不相侔若六國然雜然而來貿然而陳列地又不足以敷施焉以余鄉而言通州海門墨核雞脚之棉呂四眞梁之鹽皆足與五洲名產爭衡皆不與焉不有朝鮮不知孰殿遇李拔可宣龔同觀美術工業礦冶機械教育衛生數館機械教育出於學校生徒製者最可慕羨美術以繡爲最精畫平

常不足張也訪聚卿不直晚袁伯撲來訪

初三日與伯斧同詣大阪府見其書記官山田新一郎農會技師富岡治郎欲藉府知事介紹以觀農工場也日人居室小而精所居之樓高一百十寸深一百六十四寸廣一百三十六寸覆瓦方尺製作極精居室外有樹皮似舊銅綠色深淺綴之葉老者似夾竹桃而大新者圓高三丈弱詢之日人謂是歐產名油喀利（譯音）材不中用云靜軒中子午後四時往東京爲磐碩寄汪伯唐同年訊

初四日與伯斧訪西村天囚時彥於朝日新聞社不直至其家見之庭宇皆種樹木有樅有杉有松有楓樅則華人所謂羅漢松其對門一松大可兩人合抱高不逾丈而左右橫枝長各三丈許絕可喜亦可觀因西村識小池信美小池曾在上海五年能華語亦朝日社執筆人社報獨盛行日出十五萬紙訪事人則歐美諸大國若英法德若

美若俄皆有之在華者直隸之京師天津奉天之旅順大連灣山東之煙台江蘇之上海湖北之漢口江西之九江福建之福州廣東之香港印機五部今用其四引擎馬力二十八匹排字房女工爲多印用紙模隨時鑄鉛版紙模則烘之三分時而乾鉛則鎔之五分時而融既鑄則裁之刮之鉋之又三分時版皆半圓如瓦長二尺許每一機一版午後六七二小時內各出三萬餘紙印機自明治二十二年開國會之日始先一年津田某往法習印字工藝終歲購機而回轉授國人其人今爲玻璃製造場之總長新聞社長村山津田戚也社長尙有上野理一皆以報社致富矣西村爲言村山善談上野篤實觀上野言論風采西村語固信仍至博覽會農林館其赤豆黃豆大小麥有大倍於華產者北海道開墾圖最詳與通海墾牧公司規畫同者墓地有定廛市道路皆寬平不同者田不畫方河渠因勢爲曲

折其不同之最有關系而大者北海道故有大林而我墾牧公司地止荒灘北海道無隄而我之墾牧公司地非隄不可伊達邦成黑田清隆之致力於北海道也最有名然竭其經營之理想勞其攘剔之精神而已國家以全力圖之何施不可甯若我墾牧公司之初建也有排抑之人有玩弄之人有疑謗之人有抵拒撓亂之人消弭捍圉艱苦尤甚是則伊達邦成黑田清隆之福命爲不可及矣

初五日端午風雨西村小池邀同伯斧冒雨觀大阪市小學校創立三十年紀念會會場在大阪城南陸軍練軍場極寬廣小學校生徒依東南西北四區環列由西北而東而西南正西設台備皇太子坐其左右則官紳集會處設軍樂於左棚客至外關下車至表門有事務所人驗收請帖與所佩紀念銅章餽餅一合花二片綴花於襟釦而後入至左棚西村爲介識造幣局長長谷川爲治高等商業學校長

南通州翰墨林書局印行

福井彥次郎漢學老儒篠澤南岳時風雨大作至十點鐘學童奏洋喇叭軍樂繼作日太子與妃乘雙馬車自東北隅至周北西南東三面徑去有栖川親王陪乘二卒前導侍從車二各駕一馬一卒前導日太子去大阪教育會長府書記官等次第正立講案中外向對衆致祝祠西村言學童之集者四萬人風雨交作而學生行列不亂三十年之成效也若非風雨日太子降車入坐獎其會長而於學童加勉焉甯不益彰鼓舞之用小池偕同先返雨不止衣履盡濕是日華人至者獨余與伯斧篠澤南岳遣其子元造來願爲徧觀各學校之導日人於華人之來觀實業教育者罔不殷勤指示若山田若西村小池若篠澤若三井系事石田清直皆可感所願華人慮往實歸無小大各成一績不負此行也　朝日新聞社畫師山內愚僊來爲畫小象其畫以鉛筆就小册爲之頃刻而成行登諸報端云寄上海訊

初六日與伯斧定叅觀之次第先幼稚園次尋常高等小學次中學次高等徐及工廠是日晴藤澤士亨元造來同至愛日小學校校舍若側看工字形教室光綫合度校長高橋季三郎教員十二人男女各半每室授四十或六十人共凡六百人又有補習科生百餘人教科爲修身國語國語中分讀方綴方習字爲三餘則算術體操唱歌女子別加裁縫一科每日五小時叅觀時直男子教室教度量衡算術英文女子教室教唱歌歌以風琴爲節先歌大阪市歌各一闋次游戲唱歌皆女教員游戲歌卽愛日尋常小學校之歌也體操男教員爲之分羣童爲二黨以赤白布帕首東西列當場之中建一木竿高丈許上懸橫木如衡兩端各系一筐高約一尺五六寸圓徑同眼徑寸糊紙亦二色教員吹歐笛爲號別二筐貯紙球如鵝卵大均二色教員先傾球於地羣童聞笛各如其黨之色拾焉而仰擲於筐筐重

者勝勝則呼萬歲次則易筐以竹盤盤中有孔貫竿之中四角繫繩繩撮竿頂教員復傾球羣童拾而仰擲如前聞笛即止落繩下盤一一出球各使其黨同聲以報數數竟令一執旂之童記於黑板數多者勝亦呼萬歲操畢各退高橋以粉畫地曰女子宜靜肅男子宜壯勇以是知日人不尙男女平權之說也高橋先令諸女學生集運動場施敬禮觀其游戲唱歌次延至容儀室觀男女生所作眞行書又令女學生行抹茶禮抹茶即唐人之點茶大約器具名式位置與唐茶經宋大觀茶錄同自奉爐而進即致禮禮意甚恭士族之家女子大都習之惜言語禮俗皆不相通不知酬答之禮闕略否也次觀愛珠幼稚園園長鹽野吉兵衛園之教室無多一室僅容三四十人四周植紫籐爲棚庭鋪細石數寸爲外運動場內運動場與講堂合頗寬廣課程則唱歌游戲積本摺紙而已是日爲幼稚園開設二十三

年紀念會鹽野高橋導諸兒童先於日皇御影前行鞠躬禮既而演說發達保育之義既肅客置宴既導觀其游戲運動一人奏風琴二保姆導諸童爲種種游戲有演方陣式者有演晨起着衣盥漱早膳結伴赴園式者既復入宴人各木合二肴飯蔬果十品魚二品俗所謂辨當也魚冷而腥色則甚潔食畢行點茶禮臨行保姆同送之門一保姆年十八而教法最敏捷詢其人爲閉中夕(日音君太)子

午後至造玻璃廠日本謂玻璃爲硝子廠長島田孫市島田初習工科製造學成幹當此廠之事廠以明治二十年四月創立初以官本虧折頗巨繼歸島田籌貲而官補助之今歸島田一人貲本日幣四十萬圓用工男子四百六十名女子四十名引擎馬力三十匹略用引皮帶耳製造大片用炭養二氣不用煤火島田自言由其所發明觀製成陳列之器映光視之尙有細點未淨不逮歐製而價則廉平

日人治工業其最得要在知以予爲取而導源於歐暢流於華遂足分歐之利而與其國然大概工價則過華或倍或二倍我政府而有意於通商惠工也利過於日有五說焉一原料繁富二穀足工廉三訪各國之長使利不泄四饜民生之好使不願外五與世界爭進文明其要則以予爲取一語賅之　日本凡工業製造品運往各國出口時海關率不徵稅轉運則以鐵道就工廠又不給則補助之國家勸工之勤如是然地少穀貴工貴與製作之工並增均長而言工業者猶務進不已也與世界競爭文明不進即退更無中立日人知之矣次觀瀑布觀千瓢會豐臣太閤遺物華人所謂平秀吉日人所謂豐公也

初七日微雨篠澤士亨導觀東區第一高等小學校校以明治二十三年依教育衛生程度建立凡東區高等小學校五並十二年後所建

始則草創耳此其一也校舍皆樓購地建築五萬一千餘圓過通州矣而屋宇之多不逮東區第一高等小學校員擔區內戶一萬五千一百四十九人五萬七千五百三十三在學兒童男六百四十五女五百四十六教員男十八人女九人收授業料（即學費）以區內外分多寡區內每月金五十錢區外六十錢（以中幣計錢五百六百文）教員月俸男四百四十三圓女一百二十九圓共五百七十二圓約以二十七人命分之每人月得二十一圓餘其最多者五十最少者十二餘以資望爲差校長皆以訓導兼之一校之中能容生徒如許者無在校住宿之人也校長岡村增太郎學務課長米田的道　午後訪藤澤南岳於東區淡路町一丁目泊書院訪西村小池商詢幼稚園保姆事因晤清水常次郎爲言明治九年日有官吏妻獨逸人明保育事是年創設幼稚園於東京聘爲教習養成保姆十

一年大阪派女子二人往習十二年開府立模範幼稚園即以女子
爲教習今存者止氏原鍜子一人年五十餘在幼稚園二十三年於
保姆最有名其次則片岡春子年四十餘堺人獨逸人之初教保姆
也用繙譯通語而各自觀譯成幼稚園之書蓋亦周折如此今之愛
珠幼稚園即前模範幼稚園所擴充西村言幼稚園惟大阪用錢多
建築好淸水任爲介紹保姆事晚實甫來得叔韞訊說鹽事復電屬
顯民審機速定
初八日西村小池偕同伯斧往觀桃山女子師範學校校容師範生一
百二十人皆食宿於校自修室即在寢室之內每室十二人室以席
度每席長約中國營造尺之六尺廣半之縱六橫七凡四十二席七
百五十六平方尺每人占六十三平方尺有奇寢具皆置複壁寢自
鋪之起則自收四疊而置焉帳亦臨寢張之一室中除自修几三外

無他物几並坐二人對面亦二人中几有兩面小書架高一尺五六寸以障對坐之人每寢室一所一廁斜溝以排糞浴池約方八尺四圍木匡旁二石池一方約三尺一約四尺貯冷暖水室外橫竹四排以懸巾脫衣之櫝六層五排無門每櫝方約尺餘食堂與廚隔牆通門矮几坐飯器當几之中一几八人對坐人各一碟魚及鹽漬萊菔各二片理髮室與盥漱室連理髮室中設大鏡三旁有梳具箱亦排疊架之此五事皆與華俗不合華人起居占地較多也音樂教室案長七十二寸廣九寸五分略仄內高十六寸外高十九寸坐高十五寸五分廣十三寸五分理化室几案似前小學校而每案皆相間二尺許能容人行又室之三面各有四窗窗皆塗黑其南面窗下層置回光鏡以教授光學教員案右置紙造人體型二一止骨格一自膜以內筋肉絡管皆具外衣白布營造設置過小學校遠矣附屬之幼

稚園教室少而游戲之場多室中案長三十八寸高十九寸廣十五寸坐高十寸廣八寸案面皆畫方罫敎習黑板亦畫方罫見教摺紙及積木者又敎小兒搜尋藏物一尋即得則羣兒鼓掌賀之否則羣笑之凡所爲皆使小兒以腦力相磨又各厲於游戲之事故一園之中兒童八十人有愉快之容而無愁苦之色美哉次觀女師範生體操操場在屋內廣四丈八尺深六丈操之行伍分中央四隅爲五方每方一隊每隊八人凡四十人有時變爲十隊每隊四人蟬聯接手踏步爲樂名羣雀舞歐美女子之舞容也次觀裁縫室鍼黹之具皆同有縫衣機一具次觀一室講授教育學者庭有井有衣桁澣濯皆自爲之亦習庖事美哉校長大村芳樹淸水君亦至爲商保姆事許遲日商定見荅氏原鋹子月俸十八圓又手當五圓耳　午後乘汽車至堺觀水族館所陳水族校神戶略多次觀其海濱公園有土阜

三數中一阜疊石方丈餘一鐵蕉甚大百年外物也返觀博覽會側之動物館羽之族有鶴有鸛有鴛鴦有鷺有鸚鵡有秦吉了有鸜鴿有鴿有雞雞類不一有火雞有珠雞鸚鵡尤多有白有紅有綠有雜色有大有小鴿最大鶴最美毛之族有虎有豹有象有獅有猿猴有印度牛有羚羊有豪猪皆一牝一牡懶猴據枯枝而睡其揭云性懶晝食飽即睡夜則醒睡蒙其頭醒亦不甚跳躍似天下之養尊處優而媮懦人鱗之族文魚獨多蟒與鰐獨大介之族凡近矣瑇瑁之大不逮神戶與拔可同至會場側豐樂園晚飯

初九日小池導觀中之島高等工業學校日本文部省直轄之學校二十有七此其一也學分八科曰機械曰應用化學曰染色曰窯業曰釀造曰冶金曰船體曰機關其學期則三年書記中島義光導歷各工場唯窰業科某生指示獨詳校長安永義章　次觀醫學校校長

書記皆不見一不通姓名人導觀各教室至細菌科室某君隨問隨示色和而意懇其顯微鏡新自德國購來可自五十倍至一千三百十五倍以視極微茫之肺病瞭然瑩澈矣至剖解實習室見三四人共剖一男屍藥水氣刺鼻不可耐　晚飯後觀高麗橋東夜市猶中國之趁虛趕集也

初十日西村小池導觀造幣局局隸大藏省平日雖內國人不聽入本年以博覽會弛其禁凡華人觀察者指示尤勤歷其地金鎔解伸延極印精製諸場精製場之平量輕重機爲最新式至精極準其貨幣分金銀銅三種而以金爲本位金之幣二十圓十圓五圓銀之幣三五十錢二十錢十錢白銅之幣一五錢靑銅之幣二一錢一錢五釐凡十等金以中國爲最純良臺灣色黯而質稍劣次之朝鮮色淡多雜質金又次之造金幣者率九金而一銅造銀幣者或九銀或八

銀日人謂九百位八百位者是也華人苦貨幣之困久矣近行銅圓以濟銀窮然不造金幣則金日流於外而日貴且無本位則代本位者勢必有窮非計也我政治家之性質習慣有一大病則將舉一事先自糾纏於防弊不知蟲生於木弊生於法天下無無蟲之木亦無無弊之法見有蟲則去之見有弊則易之爲木計爲法計雖聖人不過如是而我之有立法權者未更未見弊之法先護已無法之弊憒已東西各國辦事人並非別一種血肉特造止法度大段公平畫一立法行法司法人同在法度之內雖事有小弊不足害法是說也嘗與沈子培鄭蘇堪相發明之局書記以來賓錄請題名次觀大阪城內水源局　西村約至其家午飯仿西製頗有理會其夫人所自治也日人延客以婦女治饌爲敬蓋猶有華風日人自三國時通吳爲交隣之始士大夫雅慕華風故服重吳服國語謂二謂五謂人謂豆

腐直是吳音器重唐木漆重唐塗風俗亦有雜學宋明者自維新變法三十餘年教育實業政治法律軍政一意規仿歐美朝野上下孜孜矻矻心摹力追今男女學生制服亦漸次更變矣孟子以晉國爲仕國余謂日本亦學國也　午後觀大阪府立師範學校校自明治三十四年六月落成規模宏敞生徒定額三百二十名講習科分甲乙丙三種每種四十名凡四百四十名校長及教諭訓導舍監書記四十三人醫員及柔術擊劍教員各一人隨意科有農有工附屬小學校五百七十名有簡易尋常科簡易即單級也教員不住校生徒住校一室八人或九人寢具人各二絨毯下墊厚三寸之布褥中實稻草食堂小於通州者半而容人多於通州者三倍則風俗習慣之不同抑日人之能刻苦也講堂容五百人校長森本清藏附屬小學校主事森川正雄導觀一周日本初效美國學制全國建師範學校

五所或云八所延美國教習二人餘以曾讀西書者當之生徒二百許人教科書則文部省編纂頒行今則每府縣各建一師範學校又增建女子師範學校爲廣設幼稚園之本教科書已屢修屢改凡事入手有次第未有不奏成績者其命脈在政府有知識能定趨嚮士大夫能擔任贊成故上下同心以有今日不似一室之中胡越異懷一日之中朝暮異趣者徒誤國民有爲之時日也

十一日復與小池至師範學校觀單級小學校授業見其教員大西奈良松單級者爲町村學童計故合四年生於一班授之此於中國今日最宜主事人應客處外庭絕曠而無樹木驕陽逼人同小池至豐樂園午飯飯後與伯斧觀博覽會機械館是夕爲日人金曜日會場內外電燈盡張士女闐塞衢路屐聲如萬竹齊裂水簾亭以七色鏡旋轉現虹霓之色於光學頗有發明村井兄弟市孔雀標紙卷菸有

聲架一樓四層自上澈下電燈約千計日人工商於美飾事極注意亦其習慣也

十二日已刻小池來同至天滿橋北織物株式會社專織絨布處也機一百六張汽爐三用二備一引擎馬力二百疋飛輪徑約英尺一百三四十寸用煤日五十餘噸（五十恐譯者之誤當是十五）每日早六時開車晚九時止女工四百人男百人工貲自三角至九角不等亦有按織成之數包價者織線有純羊毛有混羊毛混者以棉羊毛雜之純者自濠洲來北海道產少不足供用也別有手織機一張織粗厚五色絨布　午刻實甫來與商金徐二生學習工業事復至博覽會觀工業館織業最良製筬最精（筬即華人所謂篦）他如織席舂米製麪榨油鍊糖卷菸吸水造燐寸之機無不具者需本皆不多若得十萬圓可試辦一工業實習學校十年後進步不可限量也

次觀通運館舟車法度咸備最精者環球航路之標本內國山海之模型臺灣模型極精緻可異者乃并我福建諸海口繪入其誌以黃色亦與臺灣同振貝子那侍郎或未之見耶

十三日早起爲人作書贈藤澤南岳翁詩一首　海色西來滿眼前神山樓閣瞰吳船誰知白髮松窗下猶抱遺經說孔傳（翁名恒字君成晚號南岳父亦漢文名家翁著日本通史探奇小錄文筆修潔予元造亦重漢學日人謂翁三世儒家）　村山隆平上野理一西村時彥三君招飲網島金波樓席罷賦詩呈同坐諸君　（金波樓在淀川曲處隔岸即造幣局土人稱爲餅宇主人澤姓自其先之營此業迄今十七世閱三百年矣未嘗遷徙惟前爲平屋明治初變法後始改爲樓庭前老梅幹大幾及尺而中空束以鐵帶橫斜矯健饒有古趣簷角一小松秀出天然百年後異材也宴客之堂廣十八席陳設精

雅不似酒肆坐上小山健三諸君皆長者也）淀川川上書樓多樓外嵐光映叵羅接席相忘天訣蕩岸巾强復醉嵬峨北聽絶微悲濤涌西望滄溟落日過星月漸明燈漸上從容良會記金波西村君索書復作詩貽之　喜見西村君於大阪　握手重言笑霜華鬢已催艱難五年別辛苦百憂來古義尋僑札當筵識馬枚（謂内籐虎次郎）莫談王覇略且覆掌中盃

十四日小池導觀東成郡鶴橋村農學校校在一山麓四周有水水外皆試驗場場有學生任者（日人謂之學生擔當地）有農夫任者有畜牧場場有治外來患獸有剖解室牧草有本國種有歐美種家畜有華種牛羊豕室不潔鳧鴨池不廣稞麥因久雨不良觀學生割麥用石油尋治稻秧害蟲校有體操而無音樂學生習農者一百三人習獸醫者七十人學成不入高等聽其散而歸各治其鄉若入隊

軍或他校或別治生業亦聽此我通州所最宜法者初見其書記兼教諭小野田嘉久二繼見其校長井原百介導之周歷各場者校長也至午以學生之飯留飯大小二碟一以雞子雜牛肉屑炒之兼醬片二一鹽漬萊菔片二茶壺一盞餉客如此若學生常膳僅生魚片二或熏小魚二鹽漬萊菔片二都爲一碟日日如此凡日本教育家之言曰當使學生知爲學不求飽而敏於所事不可使飽食而無所用心可謂知本中國學校以飲食滋訟者多矣惜不令一游其校以參觀之也　午後大阪郵船會社金島文四郎具小輪邀同伯斧小池同觀築港本海也築而後有港故名築港當大阪正西南伸股至首合抱相向作蟹螯形左股長約華里七十餘里右股長約華里五十里面廣約一丈二尺底不可測度詢諸金島云先造石船運石沈標築處海底而後下塞門式土所造之大方石出海面五塊或四塊

塞門式土建廠自造和土運土皆用機械惟杵築用人二人一杵每石三杵別一人執版下築以齊四邊以英尺計每塊高四十八寸廣六十寸長七十二寸重半噸築石之處上覆木棚棚下可築四石棚有脚架於運土鐵軌每築四石成則移其棚而包石以稻薦至其竣工處觀之隄脚之外亦甃石石長方外平面方尺餘內平面減約十之二三層累而上自成斜度之坦坡他舊石岸亦如此日人初師荷蘭學荷蘭人以建築工名歐洲意仍蘭法也內外側平面方數可以意想坦坡斜度定之近十二年內以大阪水道淀河築港爲全國三大工程築港之舉自明治三十年十月始定三十七年竣工豫算費二千萬圓其水道自二十五年始費三百六十萬圓淀河工自三十一年始費九百十萬圓勤矣哉孔子曰禹無間然卑宮室而盡力乎溝洫禹之明德甯非吾中國所當取法者乎烏乎　回經安治川觀

範多隆太郎所有之鐵工所工塲面積六千七百餘坪當中國四萬餘方尺資本一百五十萬圓能造汽船及浚渫機船匠目無歐洲人臺灣基隆有分塲我思上海製造局規模之大經費之宏幾幾十倍於此曾未爲農工實業造一船製一械以市於民而收其利以助農商之業而分人以利彼此相較何如也

十五日與伯斧小池詣小山健三小山初爲醫學校理化教習旋爲長崎師範學校長旋爲東京工業商業學校長一爲文部省實業學務局長旋爲次官濕雅篤實人也今爲大阪株式會社三十四銀行頭取（頭取猶華言總辦）從問勸業銀行事例贈銀行事務要項幷照像片日本士大夫爲官商聽其人之志願方爲官則一意官之事及爲商則一意商之事華士大夫則方官而有商略方商而有官式我烏知日人之盡如我云云也以我所目見者言之而已　午後看

博覽會水產館通州可參酌仿行者唯十勝川之魚䰟濱名湖之鰲池若養蠣法采自厦門不知甯台之產也宮城之鹽其第一等與餘東同不逮呂四也日本產鹽不足供民食比藉臺灣鹽運入以贍之方庚子後訂各國商約有洋鹽進口之請其時華之鹽官商大譁余謂劉忠誠公是無妨不過私梟中多一洋旂而已若以設廠造鹽之新法行就塲徵稅之名言梟且化爲商何有於洋人余意許洋鹽入口宜增華鹽入各國口一條以抵其利益忠誠公謝言無此氣魄夫世界氣魄人造之天之氣魄則搏搏大地高者山而下者澤耳甯便可倚適有所觸牽連記之觀電氣光學不思議館火焰舞既曰電氣光學矣便有可思議應曰非不可思議館

十六日雨小池來談詳詢染織紙業之事染織工以西京爲最良紙業以土佐爲最良靜岡次之王子次之美濃岐阜又次之　午後詣三

十四銀行觀其辦事分收付存爲三處三者之中又分零整聚辦事人於一廳而頭取室即在大衆辦事之後隔以屏風而已紙幣與實銀並藏一庫幣藏保險箱三實銀藏小方箱累百小山一一指示扃鍵甚牢云防盜也余問警察甚周尚患盜乎小山言警察愈密盜亦愈巧夫弊生於法無古今中外一也日人不因盜不消滅而非議警察知其民智之程度進矣其銀行自明治十一年始本爲國立後屬之商又并中立共同有魚三銀行而成合貲凡五百萬工商之業官爲民倡有利則付之商不止不奪也而維護之以是知其官智之程度高矣　勸業銀行仿自德意志（日人譯爲獨逸）用株式會社法集本一百萬聽人入貲凡股票五萬張每人入銀圓二十多者亦聽參用抽籤得彩法以鼓舞之凡營農商實業者皆得以不動產抵借產値十借五歲納息七釐至八釐不限還期聽借者之便近乃推

行於臺灣常聞我華官言日人治臺歲費甚鉅而所得蓋寡以爲日人之擲黃金於虛牝也烏乎官之於民也務司牧之而顧朘之又寸寸而度之耶余於去年勸一二知好立銀行於通州以勸助農工商之業尙無成議不知此事終獲幸成否也　從市上度量衡器販賣所買度量衡各一器器爲澀谷製皆鈐官印明治三十年用篆書正字三十二年用篆書定字修覆者用篆書改字字或以火烙或押蓋由官定式而聽民仿造造成呈官檢查合度者鈐印度有四曰制三一曲尺一黥尺（亦名念佛尺）一女子學校尺曲尺較英尺長五釐土木工用黥尺較英尺長一寸九分四釐弱裁縫工用學校尺較英尺短一寸四分四釐便女子携挈曲尺黥尺皆鈐印學校尺爲教育而設不鈐印仿英制一以非本國之度亦不鈐印曲尺竹木牙骨革布製者一尺以下檢定料五分三尺以下一錢黥尺六尺以下四

錢金製者三尺以下二錢五分鯨尺六尺以下五錢量木製者二合五勺以下一錢至六錢止金製者二合五勺以下三錢至八錢止皆四方形有定準量米穀者有當鐵爲之方二方橫平量面而支其兩隅量油酒者無當槪用圓木亦有印檢定料均五分無斛衡有三天秤臺秤桿秤天秤一檠以下臺秤五十貫以下均五十錢臺秤至一百錢止桿秤二貫以下八錢至二十錢止製作脩覆販賣者皆納身元保證金度量製作納三百圓衡納五百圓度量衡修覆納二百圓販買納百圓本末詳度量衡法規往持同度量衡之說久矣以爲是國權之所寄也今姑準日制贏縮平均通計之每度器一稅二十五文量器一稅四百文衡器一七百五十文華人四萬萬以一萬人人用度量衡各一器初年亦可得錢一萬萬圓以後每歲按三成計亦得三千萬圓卽使省之以倍數亦匪細不猶愈於他捐之擾擾乎此

南通州翰墨林書局印行

其道有三一則有所附而取一反是一則商失其暫時自便漲縮之利而士農工得永久共便畫一之利一反是一則證萬國之通例復三代之舊規合於公理一反是利弊得失甯不較然願聞吾言者更平心而計之也

十七日束裝候小山紹介訊候實甫來計金徐二生從學事擬遣金生至西京染織學校徐生至大阪有機紙業及手工紙業工場次第學習爲農商之介欲歸約同志鳩金生息資生徒東來廣習工業不知諳否執筆論事而悔讀書之少臨事需人而悔儲才之遲與世所同

余尤引疚　自來大阪逾半月見其衢路遺矢者三見某校女學生以盥水之手摩男學生之頰二事耳而未聞婦女訽詈之聲市井鬬鬥之狀七八歲童子能畫地作圖三四歲小兒亦濾地以積木爲鐵道橋梁式得固多於失矣

十八日伯斧往游天滿宮余休於旅舍聽二華生論日人十年內與華人交際情狀一生曰日本風俗由來褊小維新以後值中國政令不修萬事隳廢行其遠交近攻之計士大夫一著歐衣沾沾自喜其心目中遂覺凡支那人無不在其下强暴者無往不爲輕蔑凌侮之舉其用柔術者乃欲攬中國教育之權以中國爲殖民之地觀宏文學院之所爲聯隊西鄉之無行其最顯明者彼自宋以前無一不倣法中國今唯其老成長者猶能言之亦尙有惓惓同洲之意至其政府以迄新進少年殊大不然彼亦學歐美耳我學其似而仍須歐美之眞是學而又須摧眉抑顏以受之不若盡中國學子分遊歐美即使歐美人之待遇猶之東人我已權二而省其一不猶愈乎我是以決去日而遊美是說也我思之一生曰登高必自卑行遠必自邇以我普及教育未興之人一蹴而幾歐美是責三尺之童以烏獲之任鮮

不蹶者不若就其猶近我者而借徑焉以爲挫也我之君臣上下誠確有句踐種蠡堅忍自奮之圖亦何嫌會稽持盈定傾節事之待彼驕則我益下彼肆則我益恭以求進於學問下則志苦恭則氣肅進退消長於實業教育程度衡之我果有自立之日今日之受侮皆我玉成之資也苟不自立人即朝摩而夕咻之其恥均耳是說也我思之

十九日挈一衣囊與實甫同附汽車九時啓行十時至西京寓麩屋町柊屋旅館主人西村莊五郎因實甫見島津源吉島津設肆專造學校理化器械標本與學校人頗熟亦略知學校事自其父習藝於美國人源吉兄弟嗣之業益昌導觀水利事初觀水利發電場水自琵琶湖過山隧而來高於機軸處一百二十尺每一分時積水二一百五十立方尺（其執事人云水高一百三十六尺積三百三十二立方

尺此據一覽表）用電工業七十九家計馬力二千二百二十三又一分五之三其專用水力者二十四家水量五百六個零八二次觀蹴上至京都市小川頭最低處之舟溜溜左右排鐵軌二道回旋爲用左道升則右道降右升則左亦降其運動機在小川頭最低處一石屋中溜船長二丈許廣不過七八尺溜架梭船長廣略加兩旁有闌高五六尺待溜之船浮檥上流架由鐵軌沒水迎之架面適承船底漸引而下至下流亦沒水送之船浮而離於架面則人駕之去空架復退回法至便亦美製也往聞蘇堪述之不能曉其法今見之了然矣江浦朱家山口若用之豈不大利次觀水力組繩場和棉場其分水處山特聳起樹木加畫水懸瀉丈餘練飛雪吼有甎石漕受之漕廣六尺循山麓曲折而下以灌溉平原之田凡所見水有用處皆人工也自明治二十三年始鑿山建渠通漕設楗用費七十四萬餘

皆京都市捐集創興之始人咸怨之今農工商之利日新而月盛至欲醵金寫像以報始功之人其人則前京都府知事北垣國道也功不在李冰離崖下百世之祀宜哉　訪染織學校長金子篤壽

二十日島津同至染織學校金子導觀各教室工場與商金生留學事訂四五日與叅事議定由島津見復出同至盲啞院盲者教識字母教算教按摩教音樂教歷史地理盲者教之聾啞者教習畫習裁縫習繡習手語習體操啞者教之亦有不盲不啞者助教一啞生篠園畫楚楚可觀爲市其山水小幅一盲生能於小長方銅範中鍼刺字母以一圓獎之與實甫伯斧各納助費十錢院例也彼無用之民猶養且教之使有用乎觀島津所製村田槍云凡中學校以上皆用以習操小學校略小尋常小學校則用氣槍亦用白鐵爲礮使小兒推運演放民間獵戶買槍先至警察署報明請給槍照不聞其民有揭

竿事也華民禁藏軍火本是舊令然大臯强盜所用皆新式快槍每一肆虐卽綠營之老兵銹槍尚不能敵何况徒手漢吾邱子贑言邪人挾之而吏不能止良民以自備而抵法禁是擅賊威而奪民救也無益於禁姦而廢先王之典使學者不得習行其禮大不便然則政府固宜知古事知今事者矣　午後以小山介紹書抵大學院長木下直木下病氣臥牀見其執事某郎略觀設置大概卽返大學院本非我之所欲觀也以博覽會優待票游御所明治天皇維新前之宮也有清凉堂有紫宸殿（清凉漢殿名紫宸唐殿名）殿屏繪中國許由以下至魏徵李勣等三十二人旁殿屏繪蘭亭修禊岳陽樓十八學士登瀛洲諸圖有繪鍾期聽琴王質觀棊皆中國故事殿不瓦累木片厚尺餘蓋之氣象亦宏然以比漢天子之閒館珍臺趙官家之壽山艮嶽相去遠矣　實甫旋大阪小山電問行止別後猶懃懃如此

南通州翰墨林書局印行

二十一日伯斧獨往觀其圖書博物館旅館有八雲琴琴二絃略同中國琴製而短窄下承兩足有大小徽二十餘主人謂是日本古風之琴也初止一絃後乃兩之令一小女子鼓一闋不終主人索書寫一絕句付之桓伊到處堪吹笛飲酒公榮興不如況爲八雲成一奏何妨竟作換琴書　小山復來電欲來導詢教育可感可感荅電謝之午後去名古屋地屬愛知縣七時即投小山介紹書廳富澤町二丁目支那忠旅館

二十二日八時往商業學校晤校長市村芳樹幷教諭齋籐清之丞校自明治十七年矢野次郎所創建今有其石印小象校舍規模開敞大門有樓榜曰世界我市場門之外一橢圓形小池池之中以沙土凹凸爲地球海陸意將啓發諸生昌其國之商業徧於五洲也無寢室無食堂有商品室理化室商品列華物甚多教室二十球場十扣

所五可容一千五百人觀其統計表現有一千一百餘人三十三年
以前每歲入學六七十人三十四年後入學者殆三四倍之學生食
宿費一百三十八圓學費十二圓校隣有新築之樓供學生寄宿其
統計表較他校加詳市村示其校規加意於信用服從齋籐示其倫
理書亦兢兢於私德日本唯商德最下二君注意於此眞對證之良
藥市村爲校長已十年觀其題詞頗歷艱苦惟言語不通不獲詳叩
通譯者又不能達彼此之意爲可憾耳十二時行臨行得小山靜岡
介紹書因附汽車四時至靜岡行經天龍大井二川間見其農田最
有法度他處所不及是晚商業學校長岡田禎三來訪小山門下尹
公之友亦端人也

二十三日岡田導觀其商業學校規模不逮名古屋復同至安東村野
村角太郎造紙工場旋附汽車同至江尻場吉川作之助造紙工場

皆以舊法爲本而參以機械野村自言引擎三十二匹馬力吉川自言引擎五十匹馬力野村工場雜用三椏雁皮楮三種而三椏爲多所謂烏之子紙其口語則雞卵紙吉川工場全用三椏腐化原料用苛性曹達漂白用硫酸松香曹達等料較舊法製精而出多日人所謂改良紙維新之始政府印刷局用之至二十七年下其法於民間計全國用此法而最大者凡四所靜岡三越前一其他皆手工或以造薄紙爲主或機械少貲本不逮者也各學校專印暗文紙甚多凡日本工商業稍大者其用器皆識其姓名幾成通例以中日大概風俗論日人緻而中人纑日人褊而中人廓利弊各有相因者也岡田顧爲介紹於札幌北海道拓殖銀行宇佐美敬三郎午後四時附急行車至東京時已九時三刻靜軒俊卿俟於停車場同至京橋區紺屋町清淨軒

二十四日早起寄影照小象於小山西村二君甬人張伯巖黃桂芬以王惕齋所屬來爲照料旅館門外臨江戶城濠濠水不流色黑而臭爲一都流惡之所甚不宜於衛生此爲文明之累　午後至醫科小幡英之助處修治病齒

二十五日訪森村說井午後以治齒獨在旅館伯斧與路壬甫往觀農科大學

二十六日移寓本鄉區弓町本鄉館館與各學校相近故中國留學生寓此者多聚卿拔可亦寓焉治齒

二十七日與森村說井治齒

二十八日治齒仍與森村說井

二十九日治齒訂購鑿井器議稿得三兒訊知通州師範教習木造以神經病自戕日人在中國自戕者約略記憶似有二三人若在本國

自戕者見於各報幾無月無之了不足異中國之人少見多怪又鬼神禍福之說錮其腦筋不知謠言當作何狀

閏五月

一日至築地活版製造所看造鉛字

二日鑲齒成與伯斧壬甫惕齋同至横濱被雨略事游覽識浙江歸安人潘延初此君商於函館已三十年

三日雨訪泰興留學生於弘文學院訪章靜軒洪俊卿於成城學校凡學校以成城之食宿爲最苦功課爲最勞留學生之名譽亦以成城爲最美能自立者必先能自苦吾於章洪諸生有厚望矣中國人留學外洋者多喜就政治法律二者之成效近官而其從事也空言而易爲力若農工實業皆有實習皆須致力理化而收效之榮不逮仕宦國家又無以鼓舞之宜其舍此而趣彼矣近年余與磬先論中國

目前興學之要普通重於專門實業亟於名哲世人漸有嚮應者留學生之志於實業亦日多是可喜已　訪汪伯棠監督伯棠有性情而明於世變政府以公使與學生齮齕置監督以調停之伯棠月助華人所建清華學塾一百六十圓賢於人遠矣而在中國時聞留學生中猶有求多於監督者

四日森村扇四郎復與高野周省來說鑿井器事自去年九月雇日工伊籐澤次郎父子用農井法在通州紗廠鑿井深三十丈見砂石層而無水伊籐引去余必欲竟其事又欲一究地層分數以爲通州地質學之始適叔蘊寄示日本駐滬領事小田爲森村託售之礦井機器圖欲更試之屬叔蘊詢訪叔蘊以詢錢念劬往復諮議念劬書云定造三百間（日人以六尺爲一間）則先付本價三分之一若用其已成之百五十間則說明價値運往試鑿有效付價無效作罷惟

往復運費及工師助手之路費膳資不論有效與否皆通州任之叔蘊與森村之子名要者議同書來相告且訂先觀其伊豆所鑿成績至上海時見森村要舉止佻蕩目動而言肆及再見即請借墨銀百圓以質叔蘊叔蘊謂渠方圖大或不覬小借無妨余謂日人商業甚無信義十餘年來中人之受誑者指不勝屈君爲作保恐受累叔蘊仍謂無妨乃予之而索其借券至長崎察知森村要狹邪之舉至東京扇四郎來談多與錢羅書不合其神情頗有要刼其名刺稱工師而其友高野周省張之曰是海軍技師長訪之海軍無此人訪之横濱無鑛業商會其住横濱戶部町裁三月一子年十八在中學校森村要非其子高野自稱農學士又自稱獸醫訪之警察廳則高野名下僅署一農字訪之農科大學則從前學士中並無其人種種誕罔已無意觀其伊豆之工矣乃索所借百圓以試之父子果相與推諉

圖誑語反覆至三四無定則峻辭以謝之以借劵付松山堂書肆代索又考知森村與外務部繙譯小林光大郎善念劬習於小林而不知小林外間之聲名其以圖屬駐滬領事代售或云亦小林爲之蛛絲馬跡因原甚多嗟乎日人謀教育三十年春間教科書獄發牽連校長教諭等近百人今察其工商業中私德之腐潰又如此以是見教育眞實普及之難而人民性質遝貿於開通有不期然而然之勢然以不信不義之國人而冀商業前途之發達是則大車無輗小車無軏之行矣聞半年來中人受誑於日人者復有數事其甚細者値僅五圓

五日嘉納治五郎遣人來訂相見之期午後買印泥定初七日往北海道屬聚卿從長岡護美子爵求明治初年至二十五年各教科書云文部尚有之可以取觀

六日至鞠町區訪竹添嘉納竹添自朝鮮歸後卽辭職居濱海別業著書自娛無子止一女嘉納其壻也方壬午癸未間在朝鮮時與竹添往還竹添饋酒嘗令女治饍餌餉客卽嘉納夫人也歲月駸駸已二十年彼時余方三十馬山水原行軍之旌旗南壇漢城駐節之幕府閉目凝想猶若見之而國勢反覆殆如麻姑三見東海爲桑田矣可勝慨哉嘉納以專究教育有名詢余東來調查宗旨余告之曰學校形式不請觀大者請觀小者教科書不請觀新者請觀舊者學風不請詢都城者請詢市町村者經驗不請詢已完全時者請詢未完全時者經濟不請詢政府及地方官優給補助者請詢地方人民拮据自立者嘉納許余北海道回時詳說

七日早八時啓行至上野附二等汽車往青森途中所見農業頗有不良者桑率荆種間有爲地桑之魯種葉亦小而薄麥則穗短而色黯

在田者猶多詢之給仕云七月半後乃可刈盡此時亟於蒔稻無暇也此已不及中國矣近青森之福岡奥羽間小麥尚未盡黃以是知氣候之殊夜甚凉車無食堂寢臺沿途買餅餌充腹凡一小壺之茶值三十五錢一雞卵值相等過仙臺并雞卵亦無購處時時經其鐵道雪覆蓋鐵道濱海叢雜山間九月以後天即雨雪架木若隧以防回風飛雪之沒軌也

八日八時至青森寓中島旅館館距鐵道不甚遠有樓望遠風景略似煙台風雨交作午飯後冒雨附肥後丸十一時開行過津輕海峽船頗顛簸峽在青森函館之間緯度與奉天省及朝鮮之圖門江相直日本海水過此而東入太平洋船橫過之故易震盪五時至函館地當朝鮮咸鏡道北為日本商埠之一華商十餘家凡數十人歐商二三家十餘人耳仍兩晤潘荻洲及其子小洲潘與甬人張安瀾會三

並爲華商董事華商專販海菜魚貝之屬運往上海歲直百萬運來之物甚少間有閩商貨綢緞者其運道則經出對馬島折趨西南四日半達上海華商初來附於英商賃地建屋皆英是賴故至今仍之（此在未改法律以前故有英商租地若改法以後凡外國人居留地止租不買有買者必以日本人出名）無華領事問之荻洲言東京人云華公使館近有函領事標目矣而未見人到各華商儼恪小心敦信守義立於無過之地以保其財產亦不復倚望領事日本自改法通國聽外人居留待華商與歐美無異各商在此猶得與歐美人權勢平均若回華甚澀縮矣聞之心動寓勝田彌吉旅館館後山名臥牛函館港内最大之山也

初九日至官立商業學校私立尋常小學校察視商業學校長神山和雄校有中語英語德語法語俄語其陳列所甚簡四時荻洲與諸華

商置酒五島軒招飲詢海物運華水脚歲十五萬因勸合力創汽船自運各商遜巡遜謝言先恐華官不許即許亦不保護日本郵船會社開創至今國家補助未絕也嗟乎畏虎者談虎而色變孰使吾海外辛苦之民變色至於此又念余遵 朝旨興揚通內河小輪猶有阻抑者彼商人之寒心何怪焉附薩摩丸十時行出港後斜月出雲罅光射波面風浪平靜列島遠近風景殊佳

初十日四時至室蘭憩大宇海岸姥子旅館其商標㈠朝鮮人李斗璜題曰圓一樓臙造也附汽車七時行二時至札幌瀕海皆砂磧地頗劣入內山平原豁然極望無際土盡黃壤形勢遠在東西京之上德川氏知之而不能墾宜其覆矣現有之民不過百萬不足墾此土更得三百萬人二十年庶幾無曠土歟有山東日照農人許士泰以光緒元年在煙台爲日本開拓使黑田淸隆招來同來者十人月俸二

十圓其九人無行被斥回華許以勤力獨見信任居石狩國札幌郡丘珠村三十六番地娶妻生二子三女有田當華畝八十餘頃復用福建福清縣人施新康楊可生鄭孔鏞楊世祺四人爲傭四人者經商折閱流落海外故許得收之北海道之初開拓也募人認墾聽其自占畝數及墾熟年限歲時官督察之至限如其所占有成績者即以自認之畝數全予之不徵其繳價也許以是得多領田而又能自力迭經三條實美及北海道長官以其應募艱辛勵精農業十餘年如一日奏達天皇明治三十五年由興農產會會長總裁先後賞銀盃及白桃綬名譽章以旌異之狀樸拙口吶吶操日本語而山東音自言山東語不盡能記憶來時家有父母有兄弟五人近十五年不通音問矣世不必讀書治政治家言方爲人才凡能平地赤立而發名成業者眞人才也莫爲之前雖美弗彰彼黑田清隆所招之十人

中有一許士泰夫置一許士泰於煙台苦工之間何異恒河沙數中之一沙有人焉籔之揚之而許士泰見矣今中國人中若許士泰者何限十百千萬倍於許士泰者亦何限其視政府若九天九淵之隔絕當其一詈而一嘲十百千萬倍於許士泰者也抑聞閩粵之人傭工經商於南洋諸島間者以數十百萬計問閩粵有司有可稽之籍否一許士泰又寧足論其幸不幸哉　札幌街衢廣率七八丈縱橫相當官廨學校宏敞整潔工場林立廛市齊一想見開拓人二十年之心力有詩一人　一人有一心一家有一主東家暴富貴西家舊門戶東家負債廣田園西家傾家永歌舞一家嗃嗃一嘻嘻一龍而魚一鼠虎空中但見白日俄海水掀天作風雨

十一日晴農學校長佐藤昌介過訪招同錦州開墾公司孫愼欽德全飲於豐平館坐中因見農學校教授南鷹次郎佐籐爲言北海道未

墾地尙十分之九今歲計魚業農業林業礦業所產値四千萬圓國家定令墾熟之地逾二十年徵稅今止徵郡町村稅郡每一反步徵二錢五釐町村每一反步徵五錢至七錢此郡稅町村稅全供地方警察學校衞生之用國家不利之也以日本一反步計華地一畝八分郡所徵當華錢二十五文町村所徵當華錢五十至七十文亦殊不重合我二十二行省計之如北海道者何止百倍人民之可募而移者何止千倍使盡如此經營於富强乎何有抉其病根則有權位而昏惰者當之矣孫德全之於錦州也其地蓋上駟院之牧場費三十萬金始得領墾猶記甲午年端門外大駕鹵簿之馬柴瘠而黯淡固上駟院之所豢養也然則虛此牧場又不知幾何年晚訪佐藤及南君

十二日晴南君導詣北海道廳事務長大塚貢又晤其土木料長武井

吉貞旋同至新建之農學校及農園試驗場新校樓上下六十間近校之左一區爲理化學教室其右一區爲動植物學教室又外左一區爲農科經濟學教室其右一區爲農學行政教室皆左右對向果園牧場農具牧具一切維備農具牛種果品用美洲者多黃牛有大於華產小種一倍者乳房尤寬聞有百頭雜黃白色者每頭值一二百圓黑白色者每頭值四百圓南君隨事指說略無倦色可敬也午後大塚事務長遣人以馬車導觀製麻株式會社工場工場長爲谷山一介凡紡錘六千五百（日人謂錘猶華人謂錠）引擊馬力五百日用煤十七噸男女工千餘工貲男子之上者日一圓五十錢下二十六錢女之上者四十錢下十八錢日用麻八千鎊大麻千亞麻七千織精粗帆布三千尺布價精者尺二圓五十錢粗者七分子供榨油梳餘之系供塗牆帆布供全國海陸軍及商船用貲本八十萬

圓次觀重谷木栻工場其技術長荻原直四郎導觀解截機械皆歐製木長短厚薄務中工用有定度亦改良式也場傍鐵道運輸至便引擎二具每具馬力一百汽爐用積屑殘片木之梢皮或剝或截皆以供燒以此省煤亦一法也其鐵道枕木專由歐商販運我之山東直隸以交鐵道司工之歐人雖日人不能直接歐人爲歐如此松板有紅白二種白者良華人喜紅商販嘗塗丹以市云

十三日早往眞駒內觀種育場場自明治十年仿美國法建凡地五千七百六十八萬五千四百九十二坪南面三方皆山而不甚高林木森森引泉爲渠廣僅五尺貫瀉其中柴落井然望之如畫牧草種類最繁盛馬最良皆美產牛亦良按圖知之豕羊皆小種無多雞十二羽耳豕舍穢惡最不如法觀刈牧草刈具亦美製有交尾場其法規凡農民以牝來引種者計頭納賃金有製乳場專取生乳不作鑵詰

其校長近方游美求良種一牛一馬之佳者值二千至賤亦五百圓日人食料不重羊豕華產羊豕以江浙之山羊關豕味尤雋美歐人論畜牧者稱之此亦食性中之公理而日人不取也故言變法不可不先審習慣自札幌至眞駒內道路極崎嶇回時出種畜場不遠所乘馬車傾折輻盡脫落乃與伯斧步行至平岸觀公立單級小學校校舍止七間前三間較小中爲門左爲特別裁縫教室右爲校長事務室與後中一間相當緊接即雨中體操場也左右各一間皆教室各容四十二人最多可五十人左室教一二學年生右室教三學年生校長兼訓導柴田菊藏月俸十八圓教一二四年生其教三年生及裁縫者爲準教員女子上原氏（名爲和香工亡）月俸六圓畢高等小學後曾入北星中學校一年年十六歲客至時奉茶入意爲學生又疑與尋常小學不類不知即教員也課程有文部頒行之

令教科有地方自編之書（地理歷史皆就札幌言之）報告有式稽查有法町村有税補助有官其教育之廣被宜矣六時與孫蔣合置酒豐平館荅佐籐校長南教授夜九時北海泰晤士新聞社記者辻籌夫來談方在種畜場事務室時見此人蓋欲知余調查實業教育之議論故尾隨而至及中途車壞辻君來下車同步行四五里許亦有心人也問我國士大夫近日滿洲事處置宗旨余言無處置之權力不願張處置之空談二十年來稍留心於實業教育近方稍有著手處是以來遊求增長其知識東士大夫有能以維新時實業教育經驗之艱難委曲見教者願拜其賜他不遑及也辻君首肯

十四日佐籐六郎仍以大塚事務長命來陪至茨戶觀前田牧牛場前田名利爲年僅十八襲侯爵比方從學於東京師範學校故加賀藩菅原之後也自其父始易姓前田墾牧之地在茨戶者一百萬坪在

輕川者三百萬坪本堀基氏業堀基賣於別一前田再轉始爲今前田業牛多美產專以傳種豐乳爲主義飼畜極良農學校一黑白毛色而壯者即場產問其值與南敎授同南君不妄言也牝牛生三歲後一年可交牝牛四十十年而止牝牛生三歲後可歲生一子亦十年而止牧場去事務室約三里在山之坡牛舍視牛爲大小流溺之溝在後窗下距不逾尺若眞駒內種畜場距幾三尺易陷牛足不如此良也緣山麓爲草庫下層在土中上層出地平面木板四周方約丈餘上有氣窗下有一戶似窖云爲冬初儲青草之用儲草必實仍壓以石則草色不變而味略變酸成葉綠素餉料最宜其事務長竹內靜勝留餉午餐食品中有沼養鯽魚東來所僅見惜烹法未精耳比在函館聞潘荻洲言數十年前駒嶽火山崩塌灰石下壅成隄其內窪下處衆水匯注積成大小二沼北海道自此始有沼其內產鯽

魚蕁菜絕似華之江浙間不知竹內餉客之鯽何自來也飯後竹內導觀石狩川其處距海當華之十八里寬三四十丈入內漸窄源數百里有汽船行駛北海道之大川也華地似此川者指不勝屈即通州紗廠前之河溯流而上至清江浦亦幾千里數大川者尙不及之無怪涎覗楊子江流域者目爲陸海惟有之而不自殖殊不可解耳道經一尋常小學校問之亦單級下車觀焉直教體操一教員立而傳令走而指揮見客令諸童行敬禮時已十一時課畢矣竹內爲致參觀授業之意教員令諸童復上堂堂之外一小廈爲門左爲應接室右爲庖所無雨中體操場凡修身讀方歷史地理算術四班參錯並授日人謂班爲組甲組即弟四學年乙組即弟三學年丙組丁組弟二弟一學年也授時甲乙爲一組丙丁爲一組如授甲乙組算術時授丙丁組歷史唯同組之中仍分深淺爲二以別之授竟又示諸

生綴方習字其教員石附喜三太亦兼校長供客之茶教員自取之尋常小學校例無小使也其町村學務員亦來凡茨戶町村尋常小學校四高等小學校一每一町村有一學務員所觀之小學校歲費三百圓村農子弟有半年耕半年學者皆無授業料其費取給於町村稅歷觀各單級小學費無儉於此者宜其規模益不逮平岸矣歸途經創成河側見歐法之木閘閘垛兩旁植大木爲垛闢爲大門二扇門之下有小門二有旋螺柱以升降其小門有二大橫木以啓閉其大門往聞錢琴齋言之不能昭晰羅叔蘊東游時屬其訪查而不得今於無意中遇之可喜也屬佐籐六郎代作模型復經東皋園看芍藥菖蒲園占地約華之四畝紆曲其徑分區蒔花小石爲界緣以短草果林籐架參錯其間花欄漫五色著雨彌太豔豐主人上島正一老翁也學士巖谷修題榜頗稱許之冒雨至旅館南教授復導觀農學

校博物館司館事者村田莊茨郎館皆北海道物有大熊二一會搏囓五馬於一夕一會殺三人毛色黑長過人而無尾鵰有五種首微異耳樓上列蝦夷廬舍器具服物喪葬兵甲之式南教授言蝦夷形狀及食生魚衣鳥羽獸皮之俗與樺太島人相似然則黑龍江土人魚皮韃靼之所移或其種所雜乎不能詳究次觀其植物園左草本右木本皆以歐美人植物分科法區之因雨草草即返有札幌詩一首

札幌

四遠山圍札幌皋荒荒草木萬重毛軒眉未覺東鄰富舉首還看北斗高（通州海門當緯度三十二札幌當緯度四十三）郭太樹顛終懼及管寧廬在未容逃生平倒海傾河意說向中原換結髦

十五日七時行南教授與長屋農會長至驛舍送別佐籐仍以大塚命偕乘汽車至小樽憩越中旅館飯後駕舢板觀築港較其工程止大

阪十分之二然已經營六年塞門忒土由函館鍊成運來而雜以就地之砂石成人造石至大之塊重二十四噸輕者十四噸升降運送皆以汽機之車若轆轤隄外脚碎石寬二十丈內脚十丈皆標竹爲界羣舟載石下寘水夫著泅水橡皮衣銅帽入水位石塊而層纍之大阪所未見也工程師某贈防波隄設計圖其比例六千分之一次觀水產試驗場場止一小池屋七八間有溫室孵化鰊魚子視池中之鰊卽華人所謂靑穿也鰊以小樽岩內產爲最王云午後六時送佐籐至車驛十一時附汽船行

十六日晴天明至岩內港正對西北山上有雪未化午刻至壽都晚至奧尻半夜又行風大舟頗顛簸瀕海山巔往往見雪

十七日雨早至江差舟人謂海極深處舟尤震蕩午後晴四時至函館仍寓勝田旅館訪潘荻洲偕詣華商之去時會餞者晤張安瀾商議

會長內野高吉書記長法學士秋保辰三郎仍來訪欲為開懇親會以行遽謝之晚飯後荻洲父子及安瀾來送登舟十時出口月明風靜波濤不興過津輕峽安睡如常與早間之苦天淵矣

十八日四時至青森仍寓中島旅館櫛浴俱適其弟十五番之房面臨大海庭有小沼蓄紅魚大小數十纖草濃藹短楓垂柳覆被其上甚怡心目惜行遽不暇一二日住也留題一詩　題青森中島旅館

青森旅館推中島最好房櫳十五番牆外羣峰隨海現庭陰一沼覆花繁喜隨客燕尋巢至愁聽飢烏索食喧墨瀋匆匆泥壁上他年留證再來痕　午後十一時登汽車行日本汽車皆三等式廣處不足斷不能如其定額以容客是日一車多至十六人殊擁擠遂坐而假寐以達旦

十九日十時至東京新橋仍寓清淨軒與實甫及徐金二生大阪訊佐

篠昌介南鷹次郎佐籐六郎札幌訊晚偕伯斧詣汪伯唐
二十日惕齋同往訪長岡子爵岸田吟香永阪周二三君皆喜接待華人長岡永阪並喜爲詩長岡有自著海雲樓詩集永阪有所輯嘉道六家詩集同人唱和壇欒集訪聚卿
二十一日午後四時伯斧壬甫同至本鄉館晚飯偕聚卿拔可詣嘉納治五郎因晤竹添進一郎君竹添亦名光鴻字漸卿相見甚歡出示所藏宋明本書其最舊者爲唐人卷子本揚雄傳後半卷未暇盡觀也與談教育亦以斟酌習慣合於程度爲難
二十二日十時赴嘉納約觀其高等師範學校校兼有手工教室專教金工木工陶工漆工爲發明實業有與人之規矩不徒恃口舌之空理也其直接之系屬則尋常師範學校及中學校其附屬則尋常高等小學校及單級小學校爲師範生練習教授管理之地脈絡貫通

義類周匝可謂有本末表裏者矣師範者與學之本我國民而有幸福也戊戌後宜有官立師範學校否則庚子後必有之何至使我二十二省之人上者有七聖迷方之歎下者有羣盲揣日之譁略觀其明治五年至十二年文部省審定之教科書五六種理化學用歐書修身雜引我六經諸子語歷史亦用明人所編之十七史略地理間有擷用瀛環志略者未見其書又聞惕齋言方其農學初興購用農政全書甚多特今日言農學者喜張歐美耳國勢弱則前古人與後來人並受其累亦至言也

二十三日觀高等工業學校時已休假校長手島精一明治初治工學留學法國四年歸國後時時往歐美考察練習一二年即返充工學校長二十餘年明年美國博覽會日廷復遣之往惜時促不能從容諮訪不能罄吾心之所欲問也訂明日觀織工徒弟及實業補習學

校徒弟學校習手工專爲尋常小學校卒業者而設聽人自願各占一科每周講習時與實修時相半三年畢業全國凡十五六處東京有二其實業補習即假此校蓋爲工人之欲明學理者設午前課徒弟午後課補習昔年言工業者務趨高等近乃知手工之有益而專談學理之鮮濟故改而注意於此日人素以工業著名其論工學言如此則今日之相校殊絕者可寤已得三兒訊知呂四鹽垣事成有

日本伊藤博文代桂太郎復入內閣詩　鳥獸亦有羣朋黨性情事與盜掩耳鐘甯各表其幟日風故任俠黨多自明治道同旅進退明白不曾秘竭來輿論嘵紛紜在國計增稅與募債並策强鄰備忽傳伊藤相號外（日人謂特別新聞賣者搖鈴喚號外）播郵置民附國益險正須洽撫字鄭僑昔爲政本心主恭惠毋使觀樂賓旁慮不堪細

二十四日寄三兄及上海訊詣惕齋商考製鹽事伯斧獨往觀職工徒弟學校徒弟學校以木工科金工科爲二大類以修身爲總綱以讀書算術幾何工業理科爲總目木工以大工指物挽物金工以板金工鑄造鍛冶仕上爲分別實修課以製作材料應用圖畫爲公共主要課學期則豫備一年實修二年共三年授業料月三十錢午後赴嘉納園游會之約至小石川區理科大學附屬之植物園園包小山兼有曲沿會客處廣軒七間面山臨沼喬木隔水含風翳景短卉叢蒲映拂左右蓋園之一隅嘉納以我士大夫之考教育者多不能人人而詳語之故爲此會博延其教育家於一堂任客相通各爲問答實則兩國之人言語不通彼此之懷斷不能盡於俄頃也伯唐招余與伯斧就樞密顧問官田中不二麿訪問創興教育之事其所言教育爲開億萬人普通之識非爲儲三數人非常之才又言國之强不

在兵而在教育皆言教育者不易之大綱習聞之標識惟所言明治初遣往歐洲學實業者五百人歸皆任以所曾習今之秉國鈞負時望者皆當日留學生此宜爲我政府所平心而聽者也田中當日爲文部大輔親至美洲調查教育中至歐洲値德法戰後備聞卑斯麥輩之言故言之成理其所以能大著成效者則明白此事之人即舉辦此事之人也

二十五日啓行伯斧先往大阪余邀惕齋至鈴川下車復乘鐵道馬車至吉源鳥鯛屋旅館飯後同行十四里至大久保村看鑿井其機械購自美國機關手臼井辰之助靜岡縣賀茂郡竹麻村字手石人助手長谷川茂雄福島縣岩城郡草野村字泉崎人井地在山麓石見地面上口鐵管對徑六寸有徑八寸者未用其下皆石故接管不深鑿成已二十丈詢之臼井方至七八丈時即有泉湧出而不王故益

深鑿石堅則日止尺許若泥沙日可十餘丈至二十丈碎石子可數丈一分時鑿錐起落可二十五六回日用煤四石云臼井月俸二十五圓長谷川月俸二十圓取其鑿出之石砂層十種以備叅考去時步行山路被雨沖壞崎嶇特甚回乃雇村馬乘之有詩　大久保村道中　徑石都齵履林風屢灑襟乏餘知惜馬譯苦愛聽禽殊域寧辭僻斜陽易起陰富山如謝客障隔萬重深睡後爲蝨蝨所苦中夜屢覺

二十六日早六時附汽車午後十時至大阪川口三江公所得叔韞訊

二十七日晨四川合州張式卿森楷來談式卿創蠶桑公社時中小學校數年尚未著效其所稱艱苦繁難之狀大綱與余同其細目尚不逮余十之六七我國吏民知識乃如一胎而生可怪也飯後與伯斧詣西村小山二君西村言折井夫人已分娩可就保姆之聘內藤君

薦和田喜八郎爲通州師範教習和田與內藤皆秋田縣人曾卒高等師範學業爲其本縣學校教授云就小山考岡山縣兒島郡味埜村製鹽事

二十八日五更大雨與伯斧實甫同至博覽會水產館專考鹽產其有模型可見者一兵庫縣姬路市大野町一香川縣木田郡潟元村一愛媛縣越智郡今治町一廣島縣松永町津田沼一岡山縣淺口郡玉島町獨味埜村有鹽品而無模型欲盡觀之以廣參考然香川愛媛在四國島恐行促不能去矣其化分華鹽與英德諸國同列一表頗明晰惟不知於我江浙閩與燕齊何指抑平均計也（表載支那鹽化曹達七七八九三加里二五七九苦土二二七五石灰不詳硫酸石灰一二五五苦土四七三五加里不詳不溶解分〇二四三水分一一五三一鹽化曹達萬分除水分外夾雜物一四二三〇）復

觀農工器農具中擬購大犁中犁小犁及耙土播種割麥脫粒薙草翻草器各一具工具中擬購織布繅絲織綢織席綯繩吸水精米造燭器各一具

二十九日五更大雨爲方孝遠寄札幌佐藤昌介及函館潘延初紹介訊復至博覽會考察農工應用之器具並購幼稚園恩物（專賣恩物在大阪市東區島町二丁目九十三番中川籐八店其執事爲籐井佐龜雅）屬金徐二生移寓大阪梅田驛下三番朝妻樓實甫處地窄人稠暑天尤不便也

六月

一日九時小池來與伯斧詣內藤話別內籐贈我道咸間夷匪犯境聞見錄此錄不知何人所輯載道光朝夷禍事甚詳日本以安政丁巳再板已四十七年矣由今回溯當時之朝野上下隔於外情今稍有

知識人皆能哂之不能審敵者其不能克敵固宜日本得此錄縣爲殷鑒遇事參校遂獲大益語曰前事不忘後事之師願爲我政府誦之諧西村則已至驛相送臨別甚殷殷十一時抵神戶在東源小憩以行篋屬弘濟丸令孔馴先附之行午後二時惕齋伯斧同附汽車至姬路驛堀田旅館復至五良右衛門町訪攺良鹽釜人井上惣兵衛及大野町鑄釜人尾上久三郎釜凡六號四號最適於用一號釜按曲尺廣七尺一寸長一丈一尺五寸深三寸用鹵六百二十五斤成鹽二百五十斤四號廣八尺長一丈二尺深三寸六分用鹵七百五十斤成鹽三百斤六號廣九尺五寸長一丈三尺深四寸用鹵一千斤成鹽四百斤釜坐均高一尺二寸凡煎二小時成一釜一晝夜十釜用三池石炭一千六百斤三池產石炭之良者其劣者須二千斤四號二人一班晝夜更替六號則三人爲一班每人工食每日四

十四錢上鹽一斗計十八斤十二兩值十八錢次十六又次十五臺灣鹽再製與內地鹽上等比重臺鹽鹹味九十六內鹽鹹味九十二其再製之法凡鹽百斤加鹵一百八十斤澱去渣滓成上鹽一百三十斤煎成之度合華氏表二百十度攝氏表一百度

初二日早五時登車十時至倉敷易乘人力車三十里至味埜村或云二十四里中經二村曰藤戶曰福岡皆有小學校訪野崎武吉郎因觀其鹽田田夾琴浦之兩岸石甃爲塘置閘引潮周田四旁漬鹵於砂因淋於井由井通筧以入於池池與竈隔一垣距僅五六尺凡鹽田十坪其井鹵可得十四石五斗一晝夜可煎九次稅則凡鹽田一町三十五圓國稅縣稅地方稅胥賅於此數塘角亦有測候所野崎有釜百蓋爲商之雄者故爲貴族院議員臨行堅留至其逌暇堂別業小飲索書歸途大雨仍附汽車至松永町宿松鶴樓旅館夜分十一

時巳有松永道中有感日本山水詩　山水孕自造物雄蜻洲見者疑人工巖壑谷漱出風雨海色八面磨靑銅有時映帶別遠近有時獨秀洪濤中有時危綴樹一粒有時密密樅杉籠乃至梯由與柴落谿橋神社無名瀧一一摹寫有陳本界畫鈎勒殊不同我來未暇事幽討徧尋勝地支吟筇但從舟車目所到欣賞巳足酬塵穼神州大陸廿二省各有山水名其封經營位置盡如此圖册毋許更僕窮故知侏儒表一節景物端與政事通山經地志祖禹貢當年疏奠誰之功推書撲筆仰天歎冥想着我陶輪中

初三日至鹽業調査所晤技師林庸介導觀鹽田及美國製鹽法美法用鎊浦一匹八馬力一晝夜用石炭一萬斤內外鍋爐二一容鹵一晝夜二千五百石至三千石成鹽一百石鎊浦間汽爐間晝夜各一人漉鹽挑鹽小工晝夜四班每班二人工貲四十錢其鹵槽容一百石

鹵池容三千石一石重五千二百兩凡淸水雨水四十八貫鹹水五十貫至五十二貫日本鹽法百分中各分及夾雜物七至十四鹽田水一石內有鹽三斗五升或三斗二十度濃汁其全機及廠屋須四五萬圓復詢美法鹽價則日本法鹽一貫目值約四錢美法鹽一貫目值約二錢云別有大木盤十以三盤置泥砂石砂石炭細屑試驗含鹵多寡石炭屑最良次泥砂又次石砂其七盤則驗鹵水之濃淡盤有坐有蓋有軌道晴雨可移第一盤曬一日移第二盤以次至七盤鹹度益濃便可用香川縣所謂無鹽田者意即此法亦有儀器測候風雨燥濕復至堀田信男製造機械會社觀新發明之重底釜蓋因美法而簡之與井上法不同皆良於舊法值五百餘圓然則子毋兼權井上堀田二法皆可試用美法與我時尙未宜十二時附汽車至尾道午後二時易車十時至馬關汽船接渡十五分至門司登車

初四日早八時抵長崎惕齋同至新地二十番華商三餘號小憩主人沈明九鄞人也爲設早餐旋登弘濟丸計初六日抵滬往還恰七十日於調查實業教育間尙有未暇詳者日本醫學發達最先非獨其士大夫所自負德法各國聞亦許之余以茲事繁重非綿力所能辦故絕未注意無從贊一辭就所知者評其次第則教育第一工第二兵第三農第四商最下此皆合政學業程度言之政者君相之事學者士大夫之事業者農工商之事政虛而業實政因而業果學兼虛實爲用而通因果爲權士大夫生於民間而不遠於君相然則消息其間非士大夫之責而誰責哉孔子言以不敎民戰是謂棄之夫不教之民甯止不可用爲兵而已爲農爲工爲商殆無一可者然則圖存救亡舍教育無由而非廣興實業何所取資以爲挹注是尤士大夫所當兢兢者矣編紀行二十五首　海上神山不渺茫麻姑親自

見滄桑船過弱水頻前望五島林間麥正黃　朱明隆武紀唐王絕域求援事可傷破缺金甌誰挈汝更堪乞佛拜東方（長崎東明寺佛殿有明隆武元年大師招討使黃斌卿題榜）　長崎羣島碧巉巉最好中穹角力岩斷靄流雲封不住夕陽透影上漁帆　平戶村燈列萬星碧波中有戰場燐後人未可輕蒙古印度曾窮拏破侖　是誰亟續貴和篇遺恨長留乙未年第一游人須記取春帆樓上馬關前（乙未定和約在馬關春帆樓旅館）　紀功黴彈卓碑題歲月征清字可稽底事不隨風雨去化為園屋徧巴黎　愛國先教稚子歌畫沙亦解認山河生憎卅載中朝使浪費揮金鐵甲多　疏鑿琵琶自北亘農工賴澤萬人喧當時謠諑知何限石劍泉飛更不言　百年善政俗方純速化難期哲學神蜃市簷崇大黑守町村社饗稻荷神（大黑守猶華俗財神有大槌大黑得鯉大黑等十餘名稱稻荷神

卯狐）始纂孫吳後李唐中於趙宋亦回翔祇今事事摹歐美摹到翹髭兩角張　昨日麥黃今日青菜花濃處稻齊鍼農時五月兼三月天氣南陰接北陰　煙囱隨處見工場雪覆寒天軌道藏解識衛文興國意未容靈雨止零桑　呂東海氣曾山峙越後山光忽海鋪未必噓寒能變燠已知看碧亦成朱　臥牛釜谷（臥牛函館市大山釜谷其內口之岬也）旋蠡口平館翁山建盤鼇若論兵家犄角勢眞宜陸奧著軍艘　津輕東接太平洋中帶江流豆滿長不惜西風催去緊曉星睒睒有光芒　伐木通山日撫夷國人漸北土人稀鮮脣黑齒休相笑烏鵲於今有是非（蝦夷女子既嫁則以針刺脣四周略似菱角而黛塗之日本女子嫁則染黑其齒）松陰藤角一茅宇萬藥千蒲相向開野老應無錦步障都疑石衛尉家來　日本海中風色愁鯨濤日夜上眉頭誰捐庫頁珍千島同抱珠崖萬古羞

山迎西北雪餘顛冬不來航夏不田岩內年來漁業富家家都有鰊魚船　曉來惡浪過江差夜出津輕月似磨眼底平陂眞一瞬行人不敢畏風波　布帆如雪水如藍樹裏人家水氣含儻得年年魚稻美濱名湖住勝江南　亦覺陂陀喘汗勞回看衆壑已蓬蒿如何路轉峯逾邃尚有雲中富士高　手枕靈松但見圖一鱗一爪有雲扶海州千載蒼龍擬成敗憑誰論智愚　（海州雲臺山龍松蓋千年物野人以爲神而祀之爇香樹腹遂焚死）百釜熬波積暑霜灘沙成滷石成塘淮南馬鮑今何在儘有豪情迨暇堂　（味埜村鹹商野綺武吉郎愛客好文有迨暇堂其廣百席）鄭四曾談有馬郡旁人復侈日光山何當一策飛雲鞚十日松篁水石間

光緒二十九年八月十五日印行

每部售價大洋二角五分

著作者　江蘇通州張謇

印刷所　翰墨林書局　江蘇通州南門外濠河邊

支銷處　通州大生帳房　上海十六舖老太平馬頭

總發行所　翰墨林書局　江蘇通州南門外濠河邊

乙巳東游日記

附 鐵路小言
學制大意

序文

當危急存亡之秋。而籌一策焉。興實業以活我。講實學以覺我。開闢我知識。鑰啓我錮蔽。皷鑄我精神。以引我於可憂可泣可羨可慕可喜可賀之域者。曰實地攷察。吾師虛齋先生。滇碩望也。念吾滇危弱。幅員界兩大間。岌々如纍卵。思所以補救之。又以應在東鄉人之請。此東瀛之遊。所不容已也。既至東。適諸校暑假休業。視察未便。先生迺先考實業。循足尾。越青森。渡輕津峽。歷北海道。經札幌。詳攷農鑛森林牧畜諸實業。記載明備。返東都。諸學校次第修業。

先生逐日參觀不倦。凡政治教育實業軍事諸規制。留學生錢良駿李培元譯而出之。先生默而識之。歸而筆之。不日集爲數冊。使人一覽瞭如。有激發愧勵之思焉。其中[illegible]與大隈伯辯舊學誌。伊澤氏言創學與石僧言官制衣冠。與竹添言教科編制。人取生存競爭。社會學取群聚固結。凡此皆有關於當世改革興創之要務。記尤加詳。今者。

先生將歸矣。

先生歸。而箚此與俱歸。不以公諸世。徒舉所見以告鄉之賢士大夫。父老子弟。雖聞者必從必信。而未聞先生言者。猶不止十百千萬也。吾觀歐美日本所以振興國勢。恢張國力者。在集全國人民之力以爲力。今先生旋。亦將集一省之力以爲力者。何若使此冊託蓬瀛繭紙。化身千億。流播鄉里。俾人手一編。爽然破前此之酣夢。人々開闢其知識。鑰啓其錮蔽。鼓鑄其精神。策群力以與實業。講實學。斯迺補救之大者。以視口舌之所及。不猶愈乎。因爲慫付印。索先生稿而校正之。校畢識此。至先生文部聽講。宏文聽講諸講錄。俟譯者告竣。一並付鉛。光緒乙巳孟冬月十有八日

受業錢鴻達謹識于日本東京研成寄室

乙巳東遊日記

昆明陳榮昌著

三月二十四日。自滇起程。道出黔中。經武陵長沙漢口。五月二十日抵滬上。既定期二十四日東渡。粤督岑雲帥迭電相邀。期以往返半月。不多躭延。乃屬錢翊臣廣文先送學生丁兆冠等十餘人於二十四日行。而予於二十三日赴粤。既至。雲帥乃欲留予相助。予以母年七十有六。此行暫耳。未敢久離。雲帥因不相强。六月八日。返至滬。搭日本三菱公司平伏利輪船。於十五啓行。與自蜀東渡送學生之王君鴻年字魯璠者同艙。王君。浙之温州人。卒業日本法科大學者。今在蜀。乃充武備學堂監督。王君頗太息。以爲用非所學。此所以百無一效也。有去志。予爲扼腕者久之。連日風浪大作。舟中頗震蕩。十七日至長崎。留學生錢良駿已來此招待。汽車價昂於汽船。因令李應謙曹炳科繆升三人仍搭船至横濱。予與錢生暫留長崎福島旅店。晚游覽博產塲及華商街等處。日人以華商不潔。別劃一壥而居之。錢生云。華商在此。有信義可取而致富者。飯畢。

電樹五屬滙旅費來接濟。所携已用罄故也。

十八日留長崎。終日雨。

十九日與錢生往觀長崎縣師範學校。校有應接室。室有招待員。投刺因引入。觀女子音樂教室。手工教室。裁縫教室。圖書教室。博物教室。理化教室。標本室。遂至校長室會見校長後藤嘉之。其室雜於教室之間。大小與各教室等。室中無他陳設。惟置書廚二。卒業生牌一。校中職員及男女學生姓名牌一。牌式如插屏。中有圓掉一。櫈四。客至饗以杯茗。既辭出於室外。稽首相送。贈本學堂教則一册。又師範學校附屬小學堂一覽各一册。校長言校中男師範生二百人。女師範生四十人。卒業後皆爲本縣小學教員。不爲他縣之用。本縣小學二百餘校。每校平均約五百人。師範入學試驗男約三十而取一女二十而取一。然聞日本試驗有一定資格。但合格者皆取之。取之而過額則更爲試驗名競爭試驗。不足則缺之也。管理教授各法詳原規則書中。男女師範生各有寄宿舍。附屬小學生則屆時而至。課畢而歸。小學女子午餐皆在校。皆自携帶漆榼錦囊。裹餱糧以從事。校中惟供茶湯。既出因游諏訪公園。登臨之餘。萬室鱗比。盡在一覽中。亦長崎一勝境也。又至領事署。晤領事。小坐即歸。

二十日。樹五濉項至午前十一鐘。上火車。二十一日。午後八鐘。抵京都。即日本西京也。由長崎至此。途中所歷。山口小倉等處。皆平原數百里。田疇皆易。其商業繁盛。則門司神戶較勝於長崎。予初上火車。雖震動。尙覺無碍。至歷一晝夜。漸不能支。疲困已甚。至西京。乃與錢生宿柊屋旅館。有樺島禮吉者。日本工學士也。現爲江南實業教習。暑假回國。適與同車。談及江南實業學生。豫備普通學期。僅訂一年半。未免太促。於普通智識不足。則習實事亦不能精。普通學至少須三四年。乃勉强足用。由是言之。吾國今日求學。恐又犯欲速不達之病矣。樺島禮吉字虛白。亦宿柊屋。次日共最小影。遂別去。

二十一日。在西京遊東山之黑谷銀閣寺南禪寺靑蓮院智恩院丸山公園諸寺。皆維新以前物也。吾國興學伊始。暫借寺院爲之。非得已也。若遽以爲合學堂之用。則甚不宜。觀日本學校。建築自有法度。且列爲學科。學校建築。必便於教授管理。宜於衞生。建築準則。一依文部所定。校地校舍體操塲。俱有定則。校地面積。必與校舍規模適應。尋常小學校百人未滿者。須有百坪以上之地。一坪約中國弓步方六尺。百人以上。則每人須加一坪以上之地。高等小學校。百人未滿者須有百五十坪以上之地。百人以上。每人須加一坪半以上之地。忌危險喧閙及鄰於道德上有妨碍處所。體操場必備屋裏屋外兩處。乃便晴雨。室中四面。必多設窗以通空氣。蓋聚數十人於一室。空氣不透。則呼吸有碍。疾病傳染之所由也。然既取空氣。又不可不妨寒氣。故設窗之法。最須適度。兒童之左臂一面。則爲採光窗。採光窗之光線。高低尤有定法。必使遠於窗者。無光線不足之患。乃爲得之。又採光窗不宜面東西。以恐日光射注。有妨兒童之目也。採光窗不宜當兒童座席之前。以光映在前。則兒童看黑板不分明也。每室必設二門以備非常。但常用者只一門。室內必置煖爐及兒童携帶物存儲所。因所見而念及寺院斷不適用。爰述其畧於此。又觀大極殿。乃都西京時之宮殿。仿唐制爲之者。幕府還政以後。既遷東京。此第存其規制。然猶整而新之。因念吾東三省之盛京。亦舊都也。既爲戰地。未知宮殿何如。可勝感歎。晚至鴨河邊小酌。

二十二日。在西京。觀島津電機製造所。木工金工塗工繪圖等室。又至蓄電池及實驗室。看其歷試電機頗詳。而X光線尤奇。以木匣置銅錢於內。照之則見銅錢。不見木匣。

以人手照之。則見骨不見肉。醫家則用以照人肺腑。以知病之所在。其創業者爲島津源藏。島津爲介紹。往謁京都府。許以明日派人引觀各學校。尋與錢生往觀織物株式會社。機械三百餘。織工九百人。所織皆東洋緞之類。男女各勤其業。機聲震耳。亦大觀也。中國惟湖北織布局畧具此規模。他未見也。又游覽第三高等學堂。時已放暑假。虛室無人。但觀其講堂齋舍操場之布置。連牆接屋。一排數室。或十數室。間架畧同。諸室洞達。別無圍墻。一目瞭然。便於管理。故管理員不須多設。而事能舉。大致講堂爲一項相聯屬。校長教員管理雜務等室爲一項相聯屬。寢室爲一項相聯屬。每寢室一間住學生六人。書籍衣履皆有當置處。井井有條。易於檢查。又島津所製學校理化博物諸器。皆備具云。日本定令中學校應用理化博物器械標本。經文部省指定者。須一萬元。若無此數。不認爲中學校。小學校應用理化博物器械標本須四百元。若無此數不認爲小學校。二十三日。午後八鐘。由西京上火車。二十四日。午前九鐘。抵東京。同鄉諸公。至新橋招待者十餘人。至駿河台袋町貴臨館宿焉。

二十五六七等日。無暇出門。惟在館應接同鄉諸君之來謁者。日約數十人。晚頗疲倦。

六

二十八日。同鄉留學百餘人。特設歡迎會於淺草區德川花園。午前八鐘。開會幹事趙伸演說同鄉所以歡迎之意。謂先生此行。關係滇中學務不小。予爲答辭。謂榮昌之鄙陋。何足當諸君之歡迎。因諸君以公函相邀。不可不來。既來不敢不盡心。然非諸君相助。恐亦徒虛此一行耳。因述榮昌來時。丁巡帥陳方伯及過黔時林中丞所以寄諭學生之語以告之。曰。巡帥之言曰。雲南留學生百餘人。聞尙發憤刻苦。甚爲可喜。但沈毅二字。缺一不可。諸生能發憤刻苦。雖不敢遽謂之毅。於毅字庶幾近之。惟沈之一字。尤宜加意。國家所以培植學生者。望學生學成後爲國家效用耳。學生增一分學力。卽國家增一分自强。故學成之後。自有發攄之日。不必於學未成時。嘵嘵議論。徒惹人忌也。學未成而惹人忌。一旦啓禍。何以禦之。故有心愛國者。沈之一字。尤宜加意。陳方伯之言曰。爲語師範諸君。滇中各屬學堂。正待料理。卒業當速歸。若數十人中。有願學完全師範者。卽再留學數年。亦期望所屬也。望諸君自酌。又云滇中爲各學生桑梓之邦。籌欵艱難。人人洞悉。今學費雖不豐。亦頗費籌畫。望各學生念本省時局之艱。鼓當前向學之力。爲後來設施之具。是所至禱。過黔時。則林中丞謂之曰。吾雖去滇。於滇中學生。

刻不能忘。頻寄諭留學諸生。求學海外。亦苦矣。當勉力各有所得。歸授鄉人。於學界方有起色。勿入寶山而空回也。上所述。皆各大府厚望。諸君不可不勉答。畢。設觴照像。午後二鐘散會。與錢生觀帝國博物院。其所陳列諸物。非但足供博覽。有使人覩之而警惕者。五洲風俗畧於其物見之。有開化之物。有未開化之物。而支那古物佳良者甚多。獨今物最不足取。甚者如所設煙鎗煙燈及模型之女足。婦女之鞋子。尤令人恥而汗發。故男子吸煙。女子纏足。爲中國大病。不從此痛改。則必歸於劣敗。又至巢鴨村宏文學院。訪師範諸君。至晚歸。鄭荻洲來訪。言裁判監獄。必須改良。與東西法政相同。乃能收治外之權。雲南與兩大毗連。多交涉事。此處宜先着意。

二十九日。陰雨有寒意。而衣箱未到。殊懸望也。前日至袁樹五處。樹五欲爲予設演說會。請日本教育名家講說。每晚以兩三鐘爲率。乘此學校放假之日。先聽講。得其大意。他日開學後。考察較爲得力。今日遵義黎淵字伯顏者來座談。亦謂乘學校放假。先請文部省演講。得其大綱。尤便考察。且謂考察學校。不獨都市有名之學校宜加考察。尤當考察其鄉村之小學校。簡而易辦者。得其意。乃能爲邊瘠省分推廣小學辦法。若僅

七

考其完備之法。則費鉅而事不易舉。安能推廣。此語最當予意。予固嘗疑日本初亦貧弱。若無簡便辦法。最初下手。何從而使舉國之中。偏地皆學。以至於無人不學也。故簡易辦法。尤宜詳觀。有得。乃於學務有裨。

三十日。與錢生往謁我國公使楊星垣。屬其照會外務部。以便考察。楊公屬與樹五商定考察各所。開單照辦。歸至樹五處。午飯。樹五謂瑞堂最精細。約與共商。分爲兩項。有請公使照會辦理者。有託各校長函達辦理者。

七月初一日。與錢生往觀新宿自來水工場。其沈澄池大者三。小者十八。以沙澄水。水甚清潔。宜於衛生。通國取給於此。歲費七八十萬。而獲利三倍。便民利國。當效法者。特機器甚鉅。吾滇道遠路難。則需費尤鉅也。又至九段坂油畫院。初入漸黑暗。及登樓。豁然開朗。見天光雲影。河山環抱。城郭巍然。氣毬在空。礮煙滿地。兩軍戰鬭殺傷之狀。驚心駭目。訝以爲眞。不知其爲畫也。畫爲日俄遼陽之戰。日人既捷。以此昭尙武之效。每大捷後。輒易其畫。聞昔日之畫。則與我國黃海之戰也。又聞九段上坂。更有遊就館。中多陳列戰利品。我國葉志超三軍司令大纛在焉。北洋海軍學堂榜額上署傅相肅毅伯衡名者亦在焉。其他軍需品不勝枚舉。不忍往觀矣。抑吾聞俄艦之敗入上海者八艘。其軍士仍常操演。且將敗績之事。編爲軍歌。藉國耻以勵衆心。其報仇之志未嘗一日忘。故日人亦將十年之後。俄必報仇之意。編入教科書中。以資激勵。則日人防患之心。亦極周密。獨吾中國夙多忌諱。不敢以國耻編入課本。教育精神因之不振。噫忌諱太多。使國民不知時局之危。愛國忠君之念何自生哉。故精神教育當以國耻編入課本爲第一要義。歸至貴鳳館。視學生郝嘉麟疾。見其萬里海外困臥一室。心甚惻之。吾滇留學生學費四百元。雖經楊公使酌定每人截留四十元爲醫藥之需。自朱監督分給學生後。袁監督雖欲截留。其勢不能。且每年四百元。本非甚裕。羣起而索之。安能不與也。然無醫藥專款。則學生有病。療治無資。往往輕病拖延。轉至沈重。設有不虞。致故鄉父老相戒出洋。於學界亦生阻力。樹五謂宜歲儲千元以備此費。榮昌念滇中大吏。既籌鉅萬。送諸生出洋求學。豈復惜千金。不以衛其生乎。歸當與崑師謀之。

初二日。與樹五往游日比谷公園。又至三越吳服店。是店爲東京吳服店之冠。資本五拾萬。日人營一業。不惜重貲。類如此。又至勸工場。歸後南彬穀廷仲良諸君來談至夜。

半。遂留宿。

初三日。與樹五及李生培元至公使署。晤馬參贊拱辰。廣東人。據云文部聽講。使署未經辦過。橫須賀軍港砲台和議未定。亦不許人縱覽。其他應考察者。當爲照會外務部云。尋訪長岡護美子爵及大隈伯。皆不遇。至宏文學院。晤校長嘉納治五郎。樹五爲商開演說會事。嘉納氏允之。所擬演說之目。並面爲商榷。俟旅行歸即開辦。日本學校。暑假中均有旅行。陸軍學校。尤以海水洗澡爲練習游泳。强固肌膚之法。其餘各校教員。率學生旅行。皆至外縣。或數日或一月。乃歸。謂遊息以避暑。遠足以習勞。於衛生有益也。如振武成城等學校。且每日仍有二三時功課。教員學生監皆同往也。中國給留學生經費。皆謂之學旅費者以此。

初四日。訪大隈伯。大隈名重信。以維新功。封伯爵。昔爲外相議事。有與之反對者。以砲轟斷其右足。雖斷其右足。大隈仍恃左足以行。右足惟配假足。不免於跛。然雖跛而任事益勇。持議益堅。其謀國長於理財。又以排外爲主義。故凡排外如近日擊俄之舉。國人皆稱之曰大隈主義云。其創早稻田專門學校。去今二十年矣。其子弟數千人居下議院者百數十人。即今早稻田大學是也。國人爲鑄銅像於校中。以志景仰。大隈雖謝政。猶居上議院。與議國事也。今日大隈語予曰。中國興學。當以國家主義國民教育爲宗旨。掃除舊學。一切更新。乃能有效。否則新舊衝突無益也。予曰。日本維新。已見大效。然亦保存國粹。以舊學未能盡除也。今日掃除舊學。一切更新。其說何如。請詳示之。大隈曰。君不遠萬里而來。考察學務。是必熱心教育者。故直攄鄙見相告。但忠言易於逆耳。予曰。萬里遠來。欲破所疑也。若懷疑不問。安能破耶。是虛此一行也。故不敢不辨。大隈曰。吾所謂舊學。指中國詞章科舉言耳。此等舊學不掃除。最於新學有碍。故曰新舊衝突無益也。若夫孔孟之道。日本亦守之爲國粹。安有掃除之理。掃除舊學者。掃除科舉詞章。非掃除孔孟之教也。中國學者之弊。在知古而不知今。遂認今日之中國。爲古時之中國。古時之中國。自唐虞夏商周文明極盛。彼時外國皆係野蠻。誠不及中國之文明。至於今日。則中國凌夷。而外國皆大進步。然中國學者。所讀皆唐虞三代之書。自以爲今之中國。猶古之中國也。今之外國。猶古之外國也。豈不誤耶。宜其自大而無進步也。孔子所以爲聖者。以其時措之宜耳。使孔子生今日。亦必一切更新。不讓外國之獨有進步。然後能維中國之名。敎保中國之種類。欲維中國之名。敎保中國之種類。非有國家主義。國民教育不可。又曰天子者亦國民之一人耳。故政府乃國民之政府。國民非政府之國民。予曰。然則國民教育非立憲不可。大隈曰。中國國民程度不及。今遽立憲。鮮有勝議員之任者。仍當先施國民教育。然後可以立憲。樹五曰。或國家先定立憲之期。則施國民教育。乃能得力。大隈曰。此預備之法。不可少者。既示立憲之期。則國民教育。益宜急施。緩則不濟。又曰。人爲天下所同。民爲一國所獨。國民教育。當具本國獨有之性質。中國國民之教育。不能盡同於日本。猶日本國民之教育。不能盡同於歐美。若必求其盡同。則失本國獨有之性質。不可謂之國民教育矣。又曰。雲南自古稱強。今爲英法所逼。亦危矣。當勉力以圖自存。是日談頗久。大隈言頗爽直。予不曉日語。李生爲口譯其詞。予歸而筆述之如此。尙不能盡詳也。予因大隈之言頗有所感。其曰國家主義。國民教育者。豈非欲使人人知愛國。人人知重土地乎。然予閱日本憲法。首言天皇之神聖不可侵。亦國家主義國民教育也。又言服從法律。教育敕中。又言重國憲。從國法。亦國家主義。國民教育也。且所謂權利。必由國家所授與。必依法律所規定。此又不可不知者。大隈又云國民之義務。皆應當兵納稅。日本一日之稅。比中國一年尤多。處列强競爭之世。無財政何以圖存。貴國所以不能多取者。仍是無國民教育。不知國家主義也。有國民教育。知國家主義。以民之財。保民之國。雖多取何怨之有。又至長岡子爵處。長岡爲人和藹可親。謂有應考察處。當爲介紹。又至伊澤修二處。伊澤於日本興辦學務。經歷最久。故特往訪之。方坐定。聞隔林若相率詠謌者。然。問其何爲。伊澤曰。此敎口吃者使不吃也。法當先使之運氣。再使之調聲。凡口吃者氣不足而聲帶閉也。氣足而聲暢。則不吃矣。易者兩月可收效。難者五六月可收效。現在收效者已五百人。又云近敎日本學生習中國北京話。著有官話韻鏡一編。因撿出見示。大致中國一字。用日本兩三假名合之。以取其對音。如中國切音之類。但中國切音。須識古音今音之別。此則專取通俗爲不同耳。又贈聾啞修身敎科書六册。予問興辦學校。次第當何如。伊澤云。先設師範學校。附屬小學校六。其師範生頭班六月。此六月習師範。卽於附屬小學校實驗之。六月畢業。卽命爲小學校敎習。二班一年。俟頭班六月爲敎習者授課程既畢。則以二班一年者接敎之。三班年半。卽調頭班六月者歸入三班。再習一年。

則有年半之程度。俟二班一年者爲敎習。課程既畢。則以三班年半者接敎之。以此類推。至於三四年。敎習之程度漸高。學生之程度益進。此初辦之法也。樹五問曰。今欲學師範者學滿三年。乃命爲敎習。何如。伊澤曰。此意何嘗不好。但敎習亦須有閱歷。乃能逐漸改良。凡習師範者。必其人素有學問。特未合敎習之格者也。學之半年。命爲敎習以資閱歷。最便改良。此一善也。興學之初。敎習乏人。又不可令學生停學以久待。故且學且敎。不曠生徒學業。此二善也。敎畢復學。學畢復敎。敎者不終於淺嘗。學者亦因而漸進。此三善也。如此辦法。三四年後。必有成效可觀。予曰。滇素貧瘠。籌欵維艱。興一學校。頗爲不易。貴國遍地皆學校。無人非學生。敢問其初。如何籌欵。伊澤曰。吾國以地方稅概爲興學之用。故能遍地皆學也。然其初未以稅興學。亦頗困難。凡辦學校者。皆親往富家豪族。勸令出貲興學。及辦理有效。人知學校之益。則出貲興學者相繼而起。乃漸覺順手。臺灣興學。吾亦與其事。亦先難而後易。特患辦理無效耳。若有效則人之欲善誰不如我。出貲者自不乏也。況以地方稅興學。其力益厚耶。予因念雲南設高等學堂。敎習學生。程度皆有所不逮。莫如請當道奏改爲師範學堂。專習師範。即倣伊澤之之法。頭班半年。二班一年。三班年半。四班二年。五班二年半。六班三年。輪班而學。亦輪班而教。得轉轂不停之勢。有盈科漸進之機。學校其可與乎伊澤之辦法。誠爲學校之初步。其言不可易矣。大隈伊澤之言。皆今日有學校之責者所當留意。故詳記之。

初五日。與劉生昌明。由生宗龍。參觀教育博物院。凡小學校應用之圖書儀器。皆分室陳列。即棹櫈亦因生徒之年齡而判其高低。各有一定之尺寸形式。使人有所取則。又有學校兒童成績品。如書畫手工之類。無不陳設。使人有所觀感。又至帝國圖書館。聞日本圖書館。近七十所。是館爲官立者。創自明治五年。八年繼續擴張。用金至三十二萬圓。現藏書至四十萬册以外。兼漢和洋而有之。觀覽人數。平均計之。一月凡四萬二千以上。觀覽券一回二錢。特別券五錢。國庫歲補助金若干圓。其閱書處男女不同室。閱書者或默觀。或鈔寫。寂然無聲。予坐視半時。不聞有交一語者。如戰士銜枚也。使人愛服。又至動物院。水族館。皆足以資多識。往在香港游大兵頭花園。見一草一木。必揷牌於前。書名於上。使人知其爲何物。日本各縱覽所亦然。外國重開民智。雖游玩之處。細微之事。無不如此。歸後長岡子爵。令東亞同文會幹事和田純君來訪。因將暑假內可參觀者。屬其介紹。又有天津李秉元。字幼安者。予甲午順天鄉闈所薦士也。現充直隸高等學堂教習從總教習趙羨夫太史名士琛者。出洋考查學務。亦來訪。楊公使屬趙太史與予共商。以同時考察爲便。

初六日寄上海色鴻卿太守信。並擬致崑師電。商聘博物理化教習。並購書器。及師範生請爲各屬購書器等事。託請鴻卿由滬發電。午後樹五來。約明日赴北海道。

初七日晨起。上　母親安稟。稟中公私拉雜。榮昌出門。十日或半月。必上一稟。以慰倚閭之望。今兼旬有餘。乃上此稟。固由卒卒無暇。亦難免疎懶之愆矣。又發二函。一與謝幼侯。一與陳潤夫秦維鄉。皆寄上海。八鐘。袁樹五及李伯貞來。遂與至上野。坐汽車。午後至宇都宮。此地居民三萬餘。而有學校六。一小學校。高等尋常合三千餘人。二中學校。五百人。三女子高等學校。三百八十人。四師範。五百人。五女子師範。百餘人。六農學校。百五十人。夫以三萬餘之居民。而現在學者幾六之一。其盛可知。六鐘至日光。投宿西式旅館。靜且潔。樹五取案上紙筆草一詩云。蓬萊飛駕汽車游。一枕青山一味秋。頓憶廿年舊詩句。蟬聲細入水聲流。予和之云。萬里神山賦遠遊。人間天上共驚秋。枕邊臥聽蓬萊水。疑是銀河一派流。以是日正七夕也。

初八日晨起。游東照宮。宮乃德川氏家祠。陳其宗器。璀璨映目自下而上。約石堦三百級。中有銅鑪九十六座。殊有古致。又有參天老木。掩映四圍。盛夏避暑者。多集於此。午後坐人力車。往足尾雨中泥濘。山路難行。傍晚未至。乃換馬車。循鐵軌而進。稍覺平快。約二更抵足尾。宿泉屋旅館。倦甚飯畢遂眠。

初九日覽足尾鑛業所。局長高島參三來招待。遂至坑口。有風徐然。聞坑口至內。凡七千七百四十二尺。銅鑛之石多灰色。運鑛以小車。由鐵軌推之。傾於一屋。分三等。一二等皆大石。可爲他用。三等則石中有銅。於此製作場分焉。其含有金銀質者。於東京分焉。銅鑛佳者。百斤之中有廿六斤。至二十斤之淨銅。次者只十分之一。先用器捲揚之。如風車然。則大小畢分矣。再用人力揀擇之。又入水槽蕩滌之。重者先流出爲佳。輕者流遠。乃出。愈遠愈劣。水中所流銅末。有取不盡者。又爲木槽。由一曲至百千曲。置綉鐵其中。銅末流水中。遇鑛而粘合。則無遺棄。然終不能盡。留觀於水入大河。而所流之迹尚紅可知也。又至鍊銅室。其柱樑皆用鋏。以防災。銅模用土爲之。既煉爲塼。傾入水而事畢矣。每日用一萬三千人。管理者只三四十人。本金七百萬元。一日夜出一萬捌千斤之銅。每一銅塼。值二十元。一日可得一萬一千元。其創辦者。爲古河氏。有橋名曰古河橋。其產銅之盛。占全國三分之一。以一人經始。及其成而有此大效。然非先講鑛學。斷無倖獲者。吾滇鑛山徒有。而鑛學不興。即使集股開採。而毫無把握。亦所謂擲黃金於虛牝者也。會澤劉克升。曾至足尾考察一次。今予與樹五。又至足尾考察一次。然亦覩其大畧耳。欲興鑛業。仍望學生中有實力講求鑛學者。回國之後。盡其所長以興鑛業。庶有濟乎。薄暮返至日光。仍住西式旅館。

初十日。欲觀霧降瀑布。不果。僅就近觀所謂裏見瀧者。其瀑懸崖噴出。可立其後而望之。故曰裏見。同遊者兒玉春三。日本人。早稻田大學生。與伯貞同學。其父武官。如中國總兵之職。樹五與伯貞曾至其家。謂其母勤儉過於尋常。爲客具食。只一湯一飯。蓋日人居家。無不勤儉者。而報國則極其慷慨。成爲風氣。故日俄之戰。其國中婦孺數錢之積。亦出以濟軍。此其所以興盛也。尚武之風。固日本舊習。而人人知愛國。則以教育普及之故。春三亦貴公子也。無紈袴氣習。循循規矩。偕遊三日。常持鉛筆。記所見聞於冊。每日不下二三葉。可謂好學矣。觀裏見瀧畢。有謂華嚴之瀧尤佳者。亦不暇往遊也。歸途因賦一律云。兒玉春三導我行。相逢相値劇多情。靑鞋越險山橋轉。白練懸空瀑布鳴。故國幾人來晃嶺。他年萬里話蓬瀛。中禪寺外華嚴水。應作宵宵夢裡聲。午前十一鐘。坐汽車由日光。轉至宇都宮。換汽車。翌日午前七鐘。至靑森鹽谷店。食畢。上輪船渡海。至函館。住岸邊勝田旅館。樹五謂余曰。由滬渡海至長崎。又由門司渡海至東京。又由靑森渡海至北海道。凡三渡海矣。益行益遠。非熱心爲國。誰肯勞勞如此。余曰。恐亦徒勞。無裨於國也。奈何。伯貞曰。總較不遊者所見稍廣耳。夜中遊公園。林木甚繁。月色朦朧。不能遍覽。見噴水池邊皆馬棚。以與俄戰爭。於此養馬爲戰備也。又至勸工場。買蝦夷百風景五十張。蝦夷者。倭奴土著也。自日本人至三島。而倭奴屏居北海道。優勝而劣敗。於此可見。然日人近設學校以教之。功課雖與他校殊。而頗能知交通而出遊市上。今函館有土人學校是也。函館有商船學校。商業學校。高等女學校。中學校各一。而小學校甚多。多爲西教士所設。甚矣基督之勢力蔓延也。中國人他事不足言。惟入耶穌天主教者尙少。此爲特異之質。西人嘗言其傳教他國。不數年而必效。惟在中國。則數百年無一士夫信從。可怪也。下流之信從則飢寒所迫耳。

十二日。午前八鐘。上火車。所過山多荒瘠。然無童突者。中固多古樹。而新植者皆蔚然成林。樹木樹人同一理也。上有政。下有學。行其野。自能見之。不待覘於其朝矣。同車者有北海道廳龍岡氏。又有赴樺太任所者。皆孑身孤往。無僕從。車中自購飲食。與平民等。其儉可風。故俸雖薄而亦能廉潔自守。我國無論大小官。履任者皆輿從塞塗。俸非加厚而用不能節。無怪坐贓者比比也。雖然。我國官長有不便者數端。一曰衣冠束縛。二曰舟車遲滯。三曰旅館不潔不備。有此三不便。而欲如外人之提一鞄。行萬里。無所碍難。豈可得乎。然此又誰之責歟。午後八鐘。到小樽。頗繁盛。九鐘由小樽換火車。夜抵札幌。宿山形屋旅館。

十三日。與樹五及伯貞持嘉納氏紹介書。往訪札幌農學校校長佐藤昌介。未晤。聞我國留學生有二十餘人。在此習農學。因至寄宿舍相訪。晤周君慶慈周君慶斌及牛君獻周三人。海外相逢。情意殷殷。談頗久。知此校程度甚高。收生徒甚嚴。後來者往往拒而弗受。此二十餘人。在豫修科者二人。餘皆在農藝科。予與樹五俱謂札幌新造之域。

市衢縱橫。甚爲宏達。積漸經營必成天都會。世稱日本爲小英吉利。將來札幌必有小米利堅之目。而農學校規模濶大。課程完備。其藝科程度雖不高。而農場試驗最爲切實有用。午後晤校長佐藤昌介。因與議欲送雲南學生入校肄業。佐藤約其敎務長宮部金吾來面議。宮部金吾謂豫修科額滿。不能復收。惟農藝科可收一二人耳。然須明年四月。方有班可入。予與樹五擬於留學生中擇其日語及普通學有可觀者。送二三人入此校。未審何人當此選也。中國留學生近已數千人。在東京最多。西京次之。大坂又次之。然皆不如札幌之清靜。便於用功。故予與樹五俱有送子弟來札幌就學之意。姑志之以當息壤。是日時已晏。佐藤約明日往觀農學校及試驗場。適田中源太郎至。田中源太郎者。北海道製麻株式會社社長也。約觀製麻。遂偕往焉。其局甚宏敞。其麻數種。有中國產者。質軟可爲帳。其北海道所產曰亞麻。色黑而質硬。可爲綱及漉水之物。其粗者爲地毯之屬。精者爲綾縞。堅靱能耐久。可一年不敝。故上者以供海軍兵士之需。次者乃爲常用。其製麻皆用機器。先以機運大石碾之。使麻分析。然不免宂亂。再用機如梳髮然。一上一下爲一次。麻數束循機而梳之。機盡則麻墮。墮一束。又加一束。

其棄者落於下而較粗。又有較細者。梳法同。又一機。如切如磋。磋而復迴。又一機如織布機。麻倒上而梳細之成氈。又紡爲綫。又一機製成小帶。又一機合小帶而成大帶。其機倒梳。又一機揠而細之。平之。又一機用熱水煑而抽之。則愈細。於是抽而捆之蒸而乾之。染而洗之。乃上織機。織成而色撿之。稱量之。而功竣矣。其資本百二十萬元。株主三百六十人。共二萬四千股。其機器電燈。約四十九萬元。其建築約四千二萬五千元。其男女工八百人。各執一事。無一交語者。又設一學校。每二十六日之內。八百人必輪流上學一次。蓋每日抽三十餘人教之矣。夜中有隨意科。願學者聽。而女工勤者。每置一課本於機旁而溫習之。可羨也。每日用醫驗病者而療治之。予前在日本西京。觀織物株式會社。其社乃製絲。此則製麻。其製法層次畧同。以製麻論。大致一局之中。分爲數室。由析麻以經其始。馴至織爲綾縞。以觀其成。事則有序而不亂也。時則有定而不曠也。工雖衆而各專一門。不相擾也。股多而鉅貲易集。欵鉅而獲利乃豐。以予所見製麻如此。製絲如此。製綿如此。製麥酒如此。凡製器工場。無不如此者。則知不可無工學。不可無工業經濟學。不可無工業管理學。再進而觀之。則知不可無會社之組織。再進而觀之。則知不可無社會學。再進而觀之。則知不可無法律之保護。不可無裁判之構成。不然。雖一會社。一工場。何能立於不敗之地哉。觀畢復至北海道廳陳列場。其中庶物米粟豆麥麻絲果蔬石炭粉漆煙草藥品魚蝦蚌蟖之屬。蝦夷所製之衣物。女子織業學校所出之成績品。雜然羅列。皆北海道出產者。其壁間懸地圖圖蝦夷故地凡十餘國。夫昔日之蝦夷予不獲見。見茲圖即見昔日之蝦夷矣。不三十年。而品物燦然。學校林立也如此。所以遽易此景象者。其如何經營。予雖不獲見。見此景象。即可想見其經營矣。況今日正擴張經營。不遺餘力耶。夫同此土地。蝦夷居之而日就危亡。日人得之而日以興盛。念及此而危如吾滇之介居兩大者。此時正廢興接續之交也。滇地之興也。更不須三十年。而品物燦然。學校林立可必。所異者爲人所經營。與爲我所經營耳。吾爲此懼。

十四日游農學校。校長佐藤氏。屬教員農學士高岡熊雄。引導之。甫出門。見一學生負一囊。囊中盛草木枝葉多種。則旅行時所采歸爲標本。以資研究。其無事非學。無物學學。無時非學。無處非學也。如此。遍觀各講室。其植物標本。有雲南草木數百種。乃英領事所贈者。他國列於科學研究之。而滇人反懵無所識。豈非大恥。有海草細而薄。貼諸紙上若畫然。朝鮮人見之以爲眞畫。不信其爲眞草也。日人謂朝鮮人無智識如此。安得不亡。此可爲鑑矣。盛京之樹葉上。有微點數十。以千倍顯微鏡照之。其大如豆。乃虫也云係從征軍士寄來者。日本從征軍士。關心教育如此。是何道以致之。又日領事之駐芝罘牛莊上海者、俱寄高粱籽種歸。以備北海道農學試驗之助。國中興一學。而從軍者。出使者。雖居他國。尚注意焉。吾中國興學。學校以內之人。且不能使之皆注意於學。况學校以外之人。且遠在海外。與教育無關之人乎。噫。辦學校決不當徒求之學校。學校以外。更有事在。予乃今日始知之。札幌農學校程度甚高。昆蟲等科。較帝國農科大學。或有過之。故亦稱爲大學。其理化室教習講座後。用活板安於壁。壁後爲儀器室。教習試驗所用理化儀器。別有人抽活板從壁上遞出。取其便也。其他校理化講室之制亦大畧若此。至水中動物。海產最富。有狀如草者數十種。昔人皆誤爲植物。日人每年考三四種。謂此乃下等動物。集合而成。能行水中。似草實非草也。大學學生畢業者。稱學士。能如此發明新理五種者。升爲博士。各科皆然。不獨農學。其農場有八。遠者不能遍觀。觀其近者。第一農場。第二農場。或樹果木。或蒔蔬菜。或藝稼穡。半爲官地。半爲學生地。學生所種者。其利即歸學生。以勸勵之。每學生種一區。輒插一牌。書所種物名。並書學生名。及某月某日下種。用某項肥料。若干。其肥料分三種。曰燐酸。曰窒素。曰加里。有三種全用者。有用其二者。有用其一者。有三種全不用者。分爲數竄。界以木格。俟其發生。驗肥瘠。以知肥料之合用與否。就所種而論。薯以加里爲宜。大豆以酸加爲宜。蒲草以窒素爲宜。又新地所含要素。多窒加而缺燐。故燐酸於新地尤宜。亦須視所種物性而用之。非可一概論矣。又鰊粕。大豆粕。智利硝石。漚草。皆肥料。而大豆粕出中國。價廉而功多。如吾濵俗所稱油枯者。札幌在海北。地甚寒。惟四月至十月有農事。其餘數月。層冰積雪。深餘八九尺。不能樹藝。然六七月中。耕種所獲。較內地加二倍。非但地力厚。亦人力培養之功多也。予與樹五及伯貞從其農學士遨遊田間。一草一木。經口講指畫。有味乎其言之。若舍此更無他好者。其場長大袖長裾。曳木屧過長橋。水淙淙流其下。青疇翠隴之外。雜花數畦。皆學子手植。香拂拂自鼻觀來。予不禁有願爲老農之歎。爲徘徊者久之。閱耕牛耕馬室。牛大於象。馬背高過人。牛馬皆署名。有名米利堅者。

有名土耳其者。名隆雨者。名初雷者。初雷有子五。以第一初雷。第二初雷。第三初雷爲名。皆書其父某母某及某年月日生。場長云。牛馬皆一春一交。一交一胎。故知其爲某之子也。牛馬皆當辨種。日本之馬。其種弱小。因盡殺其牡。別擇大馬與牝構之。遂成八尺以上之龍。日人作事。果決之性質。於此可見。又至農器標本室。觀所藏農器。半多有輪者。以推行省力也。又有打麥之兩馬機。並試驗之。觀覽粗畢。夕陽已西下。乃別場長而歸。步至半途。迷路。呼人力車乘之。乃返寓。

十五日晨。與伯貞至北海道師範學堂。觀教員講習會。其校長安達常正。接見甚殷勤。出冊屬留銜名爲紀念。予覽冊中姓名。前之來參觀者。皆日本人。吾國人到此校者。自予始也。安達氏引觀各室。至一講堂。方講習音樂。一教員年二十餘。在講臺按黑板音譜口歌之。衆教員數十人。列坐於下而和之。譜既訖。又按風琴而歌。衆教員復和之。其中頗有年四五十者。皆敬聽受教。如弟子之於師然。乃知所謂講習者。一人講而衆人習也。不問年之長幼。其精於某學者。即推爲主講。衆乃從而習之。其他科之講習雖未及見。可以音樂推之矣。此師範學校。創自明治十九年。至二十一年。卒業五人。二十二年。卒業十四人。以後每年卒業者。少則數人。多則二十餘人。然以備北海道各屬小學教習之選。尙不足也。其建置甚宏闊。以札幌新闢之地。四無居民。易於布置耳。觀畢安達氏復延入接待室。出其所作詠史百絕句相示。又出絹索書。予因書一絕以贈云。溪君腹笥自便便。詠史詩成一百篇。今樂聲中彈古調。北方學者未能先。安達氏起立鞠躬致謝。予乃別去。午與樹五及伯貞赴種畜場觀其畜產。牛馬鷄豕皆肥腯。向聞日本不產羊。今其羊亦成羣。則畜牧之效也。札幌之爲地。西南多山。東北則平原。一望無際。而其地之半。槪歸農學校。規模之大可想見矣。予歡羨不已。爲七律二首以詠之云。昔誦豳風七月詩。嗟哉今古不同時。豈料岐陽闢騶闟。無殊海北變蝦夷。自西自東同此理。爲稼爲圃皆有師。我是於陵陳仲子。從茲益信灌園宜。漢詔分明重力田。又從考牧卜豐年。牛醫未敢輕黃憲。馬走眞宜召史遷。雞犬桑麻齊入畫。蟲魚草木自能箋。馳觀域外心傾倒。不必農書著孝先。樹五謬爲歎賞。謂自有札幌。當無此詩。亦次韻和之。予善忘。不能全記。但記其一聯云。游踪寄託蝦夷酒。國步艱難燕子箋。見樹五憂國之心。未嘗一日忘也。只此二句。勝吾兩首矣。午後六鐘。發札幌。尙有未盡之興。而不能暢遊者。固由旅費漸缺。亦因來時至仙臺車中。被竊。三人衣皆失去。不便應物。且北海天氣寒。連日陰雨。凜冷無具耳。

十六日曉至函館。此地舊有師範學校。今廢。因無成績故也。小憩食畢。即上薩摩丸輪船。渡津輕海峽。還至青森。入旅館。登樓飲酒。有醉意。三人相與縱談時局之危。而滇尤岌岌乎殆。外人事事皆有實學。而吾以不學當之。必無幸矣。今吾滇所旦夕期望者。遊學生百數十人耳。然所願於吾滇學生者。以實心求實學。勿徒襲虛文明。遊學諸子。皆負重任而來。不可不自重。尤須自問所學。果有足重與否。其次則無定力者。動輒改學。欲普通卒業。且難之。安望學成專門以期有用乎。此予所睊睊而憂者也。伯貞曰。是在提倡之。樹五曰。先生四十餘年。爲鄉人之望。正爲今日變法興學之基礎也。此行歸國後。亟提倡之。信從者當益衆。予曰。信從不信從。非所敢知。然滇國家西南之保障也。司保障者大吏。雖然大吏非能舉全滇群力而用之。決不足以維持其保障。予嘗謂今之國家。雖小而能合群。譬之石礮。雖大而不能合群。譬之散穀。吾滇之衆亦散穀而已矣今且既居石礮勢力所及之內。不保旦夕矣。是故欲維持國家保障生存。吾滇必使人民皆集合其力。如石礎者。然後可以當石礎。予特願爲石礎之一人。又希司桑梓教育事。襄助大吏爲國家造人民。以是提倡之。信從者衆。誠善。即不信從而與吾反對。雖斷吾足。如大隈伯亦不悔也。下樓至停車場。見一少年壯士。白冠白衣。衣有赤十字。斷去左足。獨右足存。以兩手挾兩木與右足更迭前行。其速過於恒人。視其貌潤澤而舒愷。洋洋若平常。此何人耶。乃日本兵士。赴樺太戰場。與俄人戰。斷一足而歸者也。予歎曰。此一足爲國而斷。與大隈伯之足比烈矣。皆我師也。死心蹋地。忠君愛國。斷足而不悔。將至家。見父母兄弟親戚故舊。不自傷其殘廢。猶欣欣然有喜色。此眞受日本國民教育而成者。吾與樹五伯貞及留學諸君與吾濱父老子弟。皆大清國民也。安得不師此意以忠君愛國。斷足而不悔耶。

十七日由青森行。午後三鐘至上野。飲於韓山樓。暮歸神田區駿河臺袋町貴臨館。而北海道之遊畢矣。

十八日得少庚兄書。敬悉老母平安。並濱中蠶學頗有成績。心甚慰。又得留學生趙伸書。謂先生此來關係極重。若考查不善。歸後無補於地方。何以對桑梓。言甚切直。使我心悸。蓋夙昔所兢兢者。正自恨無補於地方。乃爲此行也。午後楊晏如鄭荻洲全徽卿陳安拙來坐談。頗久。晏如謂雲南鑛產。宜准外省華商集股開辦。又言陸軍宜請日本將佐之類。到滇訓練二事爲最要最急。晚間伯貞來。訂明日赴外務部。

十九日。與樹五伯貞至外務部。舉應考察者十餘處。託其介紹。時岩村君外出。其代庖者云。俟商定報以電話。便可往觀。予致謝。遂出至浪花電話交換局。局長爲淺水龍次郎。局中司電話皆女子高等小學卒業者。其電線三千六百餘。有條不紊。須數十人司之。一鐘時刻即換一班。久則傷神。晝夜不停。須數百女子。乃能辦。此事於女子最宜。日本女子皆學。故皆能有用。然他事男女雜作。其流弊或至於無別。此事全用女子。不惟於性質相宜。且無流弊也。時人有語予者曰。日本女子皆有用。以其能破男女之防閑也。中國男女之防閑太嚴。使女子盡成無用。此不可不變者。予曰。男女有別。五倫之一也。破其防閑。是壞一倫矣。此大不可。人曰。然則聽女子無用乎。予曰。非也。興女學而女子有用矣。請爲兩言以斷之。曰女學不可不興。男女不可無別。人曰。日本男女同學。何如。予曰。尋常小學。在十歲以內。同學猶可也。十歲以外。則當有別。日本之男女同學。其流弊有不勝言者、近來日人亦悟其非、屢見諸論說矣。其文明益進。必益思改良。至於男女有別而後止。安有彼方自斥爲非者。我乃誤認爲是乎。故十歲以外當有別不當同學也、若興女學而女子有用。亦須用之得當。乃可。電話局其一也。他則製麻織絲織布諸局。宜於女子。家庭教育幼稚園之類、宜於女子。農業手工之類。亦宜於女子。而商業則非女子所宜。日本初以三島人民無多。其男子擔任國家之事。尙虞不足、故商廛亦多用女子。此不得已之爲也。旅舍食館。執役之人、皆用女子。亦不得已之爲也。安有彼之不得已者。我乃引以爲法乎。故吾謂女學不可不興。男女不可無別。且予謂禮莫精於中。法莫詳於西。男女有別。正中國之國粹也。熱心政治教育者。當共保全之。吾嘗以此語質之樹五瑞堂。皆以爲然。故志於此。午飯後至養育院。院長男爵澁澤榮一導觀之、男女老幼殘疾者。分室調養。各得其所。又附設小學堂。以教孤幼無依者。教法亦分尋常高等兩項。與他校同。有幼女十二歲。以左手作書。校長云。此乃下女。主人疑其竊物。憤而出。自投瀛車。轢斷其右手。幸未死。故收而教養之、今能以左手作書如此。樹五謂斷右手而能以左手作書。天下何事不可教成者。又至印刷局。晤局長得能通昌君。約二十四日。可到局縱覽。

二十日陰雨未出門。而同鄉諸君來訪者。絡繹不絕。直至二更。乃罷。予至海外頗不寂寥者。以諸君不我棄也。衣箱久不至。隨身之衣亦失去。此間無從購中國服。不免大窘幸袁樹五吳石生張幼達錢翊臣全輔卿李伯貞李樹屛諸友各以衣相假貸。乃得出而接物。默誦秦風無衣一篇。念同袍同澤之誼。乃今於海外聯之。未始非蒼蒼者示之兆也。既自哂又復自壯。是日得李厚安庶常書。言滇中學堂事頗詳。又聞孫采臣大令。以戰守功補賀縣。遽物故。隕涕不能自止。爲詩以哭之。曰靑蓋銅章被乃身。龍池高足軼風塵。鬢眉老我殊無恨。肝胆如君信有眞。正喜書生能殺賊。忽悲遊子永離親。（采臣二老在堂）蓬山桂嶺東西隔。淚灑滄溟哭故人。

二十一日。至趙羡夫李幼安處小坐。又至樹五翊臣懷若處。均晤談片時。至東亞同文會幹事和田純君處。得長岡子爵介紹書十餘函。和田爲士官學校敎習。出漢文教科書見示。中載古人詩文。不過一二。其餘皆近時中國人書札告示契劵之類。外國科學。以知今爲急。最考古則置爲後。以待專門學者之研究。故能適用。又出吳摯甫先生文集。匆匆一覽以不及詳觀爲憾。午後至衛生試驗所。凡市廛所有食品藥品。及一切用器。必試驗之。無毒者乃得鬻於市。如以鉛爲粉有毒。以紅花染布有毒。小兒恩物。以銅鉛錫爲之者有毒。瓦器含鉛質者有毒。凡此之類。皆不得鬻於市。其試驗之法。非精於理化學者不能知也。予之不學。雖參觀一遍。又有人講說之。亦懵懵焉十不達一耳。可愧孰甚。歸後得長岡子爵電話。約二十三日午後一時。在宅相候。晚間蔣懷若來。留與夜談。懷若性簡默。予與論學務。懷若似不盡韙。余言欲別有所陳者。叩之又不語。徐曰。當爲書呈正。使予益繫念不置。前日樹五言懷若堅苦卓絕。其識力爲他人所不及。故甚望其有助我之言。

二十二日。陰雨。有涼意。日本居海中。雖晴天常有微霧。秋夜月亦不甚明。海氣爲之也。海氣上蒸。故又多雨。早餐後。與李生燮元至硝子株式會社。其支配人山中善平君導觀之。蓋專製玻璃瓶者。其料石灰爲多。配以他料。入爐燒之。使通紅柔輭若餳糖。以鐵管長五尺者。挑而吹之。使其中空。乃入模範。搓鐵管使周轉數次。而瓶成矣。又入窨埋之。數日則堅凝可用也。其資本四十五萬元。男工三百人。每日作工八時。可出一萬八千瓶。午後至電氣株式會社。盖專製電話器者。電話器。一物耳。分數十工之力。各營一職。乃合而成之。有蓄電者。有運機者。有冶鐵者。有鑄板者。有鑿竅者。有用藥水煮者。有抽銅線者。有爲鐵輪者。有製木匣者。不勝枚舉。皆以電機爲之。人則伺其旁而照料之耳。故用力少而成功多。其工三百人。男女雜作。與硝子株式會社。皆終年作苦。寒暑不放假。禮拜不停工云。又至中央氣象台。以時晏應接無人。乃歸寓。近日督撫大吏。每令州縣官補缺者。必出洋考察。乃准到任。始吾聞之。以爲此最有裨於新政。甚盛舉也。及到日本觀之。乃知其有滯碍難行者數端。一曰人地生疏。凡來考察者。無非持一咨文。倚公使爲先容耳。中國二十餘行省。來者不絕。公使但爲之照會日本外務部而已。其考察某處。則令與外務部自商。外國辦事人甚簡。無所謂閒員。來者不絕。外務部勉强應之。至所考察之處。接待者又勉强應之。率而行繞屋一周。而事畢矣。何益之有。此猶以得考察者言也。其未得考察者。欲一往觀而無人介紹。竟不得其門而入。寂坐旅館。束手浩歎而已。二曰繙譯難得。來考查者。多未習東文東語之人。聞他省遊歷之員。有向公使借繙譯者。公使謂每歲來者不下數百千人。吾安得許多繙譯而借之。故不敢開此例。欲自行近聘。則繙譯之價甚昂。且能繙譯者。亦無多人留學生通日語者。又相約以充繙譯爲戒。況留學生固有其本務乎。既不得爲繙譯。則所至之處。人言之而不能解也。已疑之而不能問也。雖有所聞。與不聞同。雖有所見。與不見同。此皆爲言語不通耳。言語不通。即在旅館之內。飢欲求食。渴欲求飲。尚多所不便。況能出門考察乎。亦虛負其名而已。亦徒耗其費而已。何益之有。然則廢出洋考察乎。曰。非也。擇其曾習語言者。使之考察。斯可耳。否則不宜多遣。必先有繙譯者。乃使之考察。則事猶易舉也。若懵懵焉遣數十百人出洋考察。曰。此吾力行新政之見端也。亦未識出洋後之情形者矣。予之此來。人地非不生疏。繙譯非不難得。而有樹五爲之介紹。有留學生之通語言盡義務者爲之繙譯。故不覺其滯碍也。生平一無所能。而得人相助。往往如此。偶感於考察之難。遂書以志之。

二十三日。晨與伯貞觀中央氣象臺。有自記雨量計。有雨量計附屬硝子桝。所以量雨之多寡也。有乾濕球。寒暖計。有最高低寒暖計。有自記寒暖計。有自記乾濕計。有自記毛製濕度計。所以量寒溫燥溼之度也。有日照計二。一係玻璨圓球。一係圓筒所以量日光所照有雲蔽之否也。有水銀晴雨計。有空盒晴雨計。有自記空盒晴雨計。晴則其針昇而上雨則其針降而下。所以量晴雨也。有地震計。有發信時刻自記裝置有感震器。所以驗地震之方向與高低廣狹久暫也。有暴風警報信號機所以使航海知準備也。有風力計。有風力計附屬電氣盤。有自記風信器。有自記風力計。所以量風之遠近大小遲速也。有全國天氣圖。一日三報而三繪焉。觀畢。至樹五處。伯貞約予與樹五三人共撮小影。午飯後至長岡子爵處。踐其約也。長岡屢爲介紹書。又賜詩集。因屬伯貞爲道謝。長岡曰。文部聽講。及其他應考察者。均能爲介紹。日本與大清爲東亞唇齒之國。非協和不能存立。故諸君來考察者。必竭力爲介紹。冀有可仿行者。歸而仿行之。予惟感激其盛意而已。自念我國積弱至此。既失古來舊有之文明。今欲步人後塵。又若有望塵而莫及者。愧恥在心。正不知作何詞以對也。記其語以爲發憤之一助云。又至瓦斯陳列場。凡人家所需之器應用火力者。皆可以煤氣代之。其器數十百種。不能枚舉。皆極便於日用。煤氣之爲功大矣。吾滇鑛產煤鐵甚富。棄寶於地。不自採取。他人我先。利將盡失。此宜先講礦學。而製造之法。亦不可不急求者。車中見靖國神社。樹五謂予曰。此社如中國文廟。然中國以從祀孔庭爲極榮之典。此邦以入靖國神社爲極榮之典。惟戰死之官兵得入之。每歲日皇與皇后及其大小臣工畢至。朝服而祭之。環而觀者數萬人。雖兒童亦知戰死之榮也。來觀必着軍服。日俄之役。戰死者衆。故今年祭典尤隆。來觀者尤盛。此尙武之精神所由振也。樹五又曰。吾所居館舍。有下女。其夫軍士。從征在外。因謂之曰。若戰死將奈何。下女乃忻然曰。患不戰死耳。果戰死。吾得招魂入靖國神社矣。榮之至也。蓋靖國神社。俗謂之招魂社云。予曰。今五洲一大戰國也。不可不尙武。靖國神社。其日本君臣倡尙武之風之作用歟。歸後得外務部電話。明日觀巢鴨監獄。

二十四日。與樹五伯貞觀巢鴨監獄。其中罪人皆二十歲以上。犯監禁一月之罪以及監禁十一年之罪者。初入至詰問所。詢其所犯之條。桀黠不服者。錮之於暗室。或一日。或三五日。出而訊之。服乃入監房。監房之制。平列爲兩所。每所分五路。每路如長巷。巷之兩旁爲監房。房容七人。監房三百間。能容二千一百人。五路之形式如合圍。其中有室。室之中有座。看守者居焉。一環視而五路皆在目中矣。室上爲樓。樓上有講臺。每星期集衆囚於臺下。一僧登臺。說善惡因果以警醒之。夜則入監房。晨起而出。引至服役場。作苦工。有工師十五人。教以工業。有製軍衣者。有製軍韡者。有打鐵者。有爲白轉車者。有爲洋傘者。有爲剉刀者。有縫囚衣囚被者。其業不一。各聚一場。每場有擔當一人。據几而坐。置筆硯簿記於案。蓋記其工作之多寡。以驗勤惰也。晝短則作工或七小時。或八小時。晝長則九小時。十小時。有多至十時半者。每場又有看守一人。如警察者。佩劒而巡視之。使不得交語。不敢怠業。其罪人皆隱其姓名。但編番號。典獄者早晚在監房。點號二次。晝到服役場查視一次。其病者有病室。有診室。有藥室。輕則數人共居一室。重則一人獨居一室。死則有屍室。其職官則典獄一人。看守長十五人。看守二百零五人。其罪囚現有一千九百餘人。炊爨掃除。皆罪人爲之。獄中隙地種花木果蔬。亦皆罪人爲之。據導觀者云。初辦監獄。法未完備。後設監獄警察學校。請德人教之。乃改良如今日之制。觀畢出。午飯。隨入宏文學校。訪師範諸君。小坐。談及中國文字太繁。音讀亦不畫一。楊廻樓李[illegible]彬深於音韻。擬取七千餘字。訂爲一編。以便文字之用。尚未成書。樹五頗促之。又談及天氣平和。以吾滇爲最。瑞堂謂如此之類。當編入教科書。使滇人有愛桑梓之意。予曰。雲南不惟天時佳。地利亦佳。所欠者人和耳。人不和則鄉土且不保。天時地利其誰享之哉。安得鄉人皆合群結爲團體。以保有此天時地利也。又至精神病院。視留學生諶範模。諶生少年有志。至日本。見外國事事振作。而中國反是。心甚憂之。忽忽失其常度。遂成狂疾。疾作則叫呼曰。中國將亡矣。奈何。錢曉帆爲予言之。予曰。此子以是致狂。當可療也。既入此院。調治數月。漸就痊癒。今日見之。則無一語失其常矣。樹五大喜。謂予曰。初不料諶生得還其本相也。外國醫學之精。至於如之。使諶生在中國。發狂疾。豈不危哉。外國以人得瘋癲之疾者。其受病不在臟腑。而在精神。故名瘋癲病曰精神病。他院看護者皆下女。此院則男子病。其看護必用男子。女子病。其看護必用女子。男女必異其室。使其心不亂。而後可醫也。醫法又不專在用藥。在順其性。使其氣漸平。而後藥乃有益也。故一病人必專有一看護者。欲步則扶之步。欲趨則扶之趨。事事順其意。至於全愈而後已。院中病者數百人。而女子較多。其治之有效。則就其所能。或書或畫。或奕棋。或作手工。使其心有所寄託。不因憧擾以觸發其狂。既愈必調養之。察其病不至反復。乃許其出院。樹五問諶生可出院否。醫學士石田昇曰。姑徐之。勿遽出也。然有日矣。晚歸。和田純君來。因留飯。談至二更。乃去。和田謂文部聽講。惟吳摯甫先生來遊。辦過一次。今長岡子爵爲介紹。文部已許之。俟訂期再來知會。又得外務部天野恭太郎書。謂印刷局。王子製紙場。司法省民刑局。大審院。地方裁判所。均已議定。可往參觀。

二十五日。與樹五伯貞至印刷局。局工二千三百人。男工十之三。女工十之七。皆高等小學卒業者。乃得入而習焉。以充是役。初設局時。其經理之人程度亦不甚高。今則皆大學工科卒業。或高等專門卒業者也。初資本金十七萬元。國家補助至八十餘萬元。經營三十餘年。今已積貲千萬矣。其所印刷。則銀行券。國債券。軍用切符。郵便切手。郵政葉書之類。及一切書籍簿記報章信箋印色之屬。以至我國湖北廣東之銀票錢票。亦資其印刷焉。銀票壹圓需工價當十錢二文。日本之獲利益豐。中國之漏巵益甚。凡事仰給於人。無不吃虧者。豈但銀錢票之印刷爲然哉。其機器則無不靈捷者。而鑄字一機。尤奇妙絕倫。一人運之。而煤氣所化之鉛。自入機成鉛板。行至鑄字之處而止。機上有匣。藏銅模。下有小鐵片九十。書英文九十字於上。以指按某字。則匣中之某字自出亦行至鑄字之處而止。乃運機壓之。而銅模之字已鑄於鉛板矣。鑄畢一板。有機自下。箝銅模而上。還於匣。此其奇妙誠有非思議所能及者。又有刻畫之機二。一運其機而刻畫自成。細如牛毛。密如絲織。此機購自米國。價萬餘元。一以金鋼鑽爲筆。安於機之右。而左懸一細筆。以人工持而畫之。極其精緻。而右機自動。如左機所畫者。小十五倍。二機皆刻畫於鐵板。爲製紙幣之模者。亦奇妙絕倫。若夫以鉛字印紙爲模。乃鑄爲鉛板而印刷焉。又一奇也。以鉛板入銅水浸之。一日而出則成銅板。又一奇也。有大印字機。以長紙入印。一印四張。及印出。則已裁分爲四矣。又一奇也。其他機器皆靈捷。而此數機尤奇。故特志之。各室觀畢。局長得能通昌延入應接室。謂之曰。凡遊歷者不可專至一國。專至一國。則所考察者無從比較。安知其孰優孰劣。而棄短取長乎。故遊日本。當更遊歐美。乃有益。又曰。吾昔遊歐美。有所疑。輒以問於人而筆記之。今如有所疑。不妨質問。吾當相告。樹五曰。此局亦大矣。未知視歐美如何。得能氏曰。歐美印刷之物。有私局所有。而官局無之者。此局則無所不印刷。範圍之大。殆過之。而技藝則不及也。樹五又曰。用女工與用男工孰善。得能氏曰。初設此局。即注意用女工。以女子心尤靜細也。日本女子。曩亦深居閨閫中。盡成無用。既以作工。乃漸有用矣。其先不過尋常小學卒業者。即用之。今程度漸高。必高等小學卒業乃用也。然尚不及歐美女子之用爲尤大。談次。得能氏出其相片爲贈。是日晨出。冒雨而行。閱七小時。鞾襪皆濕透。乃辭歸。至味蒓園小酌。傍晚樹五與伯貞皆移居。與予同館。樹五決意回京。其監督事託錢翊臣代理。擬明日發電至滇。請崑師酌人接辦。

二十六日晨起。念得能通昌氏之言曰。吾幼時亦讀五經四書。稍長遊歐美。乃考求實業。筆記之。歸獻於朝。幸見諸施行。世人知日本兵事進步甚速。不知工商之進步亦速也。復出其像片觀之。題二絕云。三十年前一舊儒。六經四子坐伊吾。瀛寰遊遍歸來後。只補龍門貨殖書。東海雄風足自豪。健兒幾輩著勳勞。考工一記能經國。不讓兵家有六韜。得能氏曾遊吾國。受二爵寶星之賜。今其照像。正佩此以爲榮。觀其像。思其言。使人振興實業之意。怦怦然不能自已。遂長言而詠歎之。九鐘後。與伯貞至宏文學院。訪嘉納氏。踐其約也。嘉納爲言前所商演說會事。已延定講員。於二十八二十九日午後六鐘。至九鐘。演說人類學。可約本校中雲南學生同聽。外則有直隸遊歷員數人。亦與俱來。多則地不能容也。三十日。吾自爲演說。其餘應演說者。再爲商定。午飯後。與樹五伯貞至感化院。院長爲高瀨紹卿。此院即其提倡設立。所以訓子弟不良者也。其院甯與居民遠隔。使耳目心思。無所牽誘。即古人移郊移遂之意。現有三十餘人。其已經感化改良退院就業者。四百餘人。院中課程。分爲三等。有初等小學高等小學及中學之目。教法與他學校同。其約束甚嚴。不得還家。不得出門。不得與外人通書札。間一出遊。必有人督率之。日人多雙姓。凡入院之子弟。必易爲單姓。並爲之改其名。使其素與往來者。無從問訊。日本感化院亦不一而足。惟此院規則尤爲謹密。著有成效。國家獨認可焉。高瀨氏曰。感化院與監獄相爲消長也。院中多化一惡少。即獄中少收一罪人。樹五歎爲名言。出至芝公園。園有德川氏墳廟。廟中銅燈臺高七八尺者百餘具。石燈臺數十具。門窗梁柱。多塗以金者。惟殿宇深黑。不如今日西式室屋之軒朗。此建築之學。不可不講也。歸途過愛宕山。樹五言山上有塔甚高。可以遠眺望。遂拾百餘級。登至山頂。而塔門已閉矣。乃返寓。哦一詩以紀之云。勞勞人事奈何哉。偶向芝區策馬來。愛宕山頭尋石塔。德川廟裏吊銅臺。一聲新雁橫空過。萬點昏鴉結陣回。多少游人都散盡。

滿林秋雨滴蒼苔。

二十七日晨起。寫家書。並上崑師一書。午後五鐘。宴長岡子爵。嘉納先生。高田博士楊公使於富士見軒。嘉納及楊以他事未至。長岡即席賦詩爲贈云。論交何必附忘年。吾輩同文有夙緣。每喜高軒來絡繹。敢辭賤位費周旋。但慚下里巴人調。叨和陽春白雲篇。肝胆俱傾欣得友。濟時今古待名賢。樹五即席和二章云。乘風破浪兩經年。快慰平生未了緣。尙擬瀛寰游汗漫。可應江戶久盤旋。鄉心迢遞雪山夢。詩句賡歌雲海篇。中外一家記今日。莫將佳話讓唐賢。（王維晁監有唱和詩）蘭亭嘉會續唐賢。酒影花光詠一篇。廿世紀中迹聊賴。三神山上夢回旋。黑天鰲映添新句。（王維詩鰲身映天黑）紅葉鶯聲憶舊緣。（長岡曾招飲紅葉樓）敬述師言一舉酒。相逢何地又何年。時樹五將歸國。故詩中有留別意也。予亦和二首云。歸臥昆湖謾十年。蓬瀛握手亦奇緣。豈關山水躭遊玩。頗念乾坤待轉旋。海上忽逢新舊雨。樽前同賦短長篇。春秋僑札交情重。定有今人抗古賢。兩國交通閱歲年。却從文字証因緣。三山遊屐知難徧。萬里歸帆忍遽旋。龜鑑照人多古誼。驪珠贈我有新篇。鯫生愧少瓊琚報。再詠緇衣解好賢。又題長岡雲海詩鈔一首云。長岡列爵東海東。

餘事乃作詩中雄。開篇首題大淸國。使我忠愛塡心胸。尙武精神遍朝野。文陣縱橫收汗馬。許燕大筆何淋漓。自古名臣盡風雅。中有謝公山水詩。魏闕遙寄江湖思。我向江湖思魏闕。顧膺北極神飛馳。人生意氣貴相感。喜君爲我傾肝胆。五洲萬國幾同文。手把君詩歌不疐。

二十八日。與樹五伯貞至王子造紙場。其部長佐伯勝太郎導觀之。其紙料有楮皮稻草二種。造幣以楮皮。造常用紙。如郵片書册之類。用稻草。用稻草者。先揀去稗草及穀殼。分爲數等。長者佳。短者碎者次之。納入蒸器。器圓如球。徑丈餘。通蒸氣於內。煑八點鐘。其爛如泥。傾出入器。運水輪轉洗之。約三點鐘。又入一器。以酸化石灰水漂之。仍輪轉使不停。約三點鐘。則色漸白。再以灰水洗淨。流下。又用機反升而上。流入別室。以大桶盛之。復流而下。又用機倒揚於上。入方桶。用鐵綱漉之。去其粗者。以水漾其細者。入製紙機。機或以布爲之。用乾燥圓機數十轉。而紙成。又用機壓之使滑。乃捲而裁之。收而束之。而事以竣。其製楮皮亦大畧相等。此場統於印刷局。局長得能昌通氏亦至。出印刷事業問答一册爲贈。且曰。工業關係國家不小。日本十五年以前。工人不得與職官伍。其後工業漸盛。乃重視之。今日俄之役。凡所以供軍實者。大半出於印刷局。其關係豈不大乎。中國亦素輕工業。甚不宜也。是宜改圖。又曰日本活字板。乃唐時自中國傳來。後亦衰廢。近數十年。乃漸發達。其技漸精。至中國紙幣。亦賴其製造焉。予因念此事。其小小者也。日本與中國同文。豈非日本文明。實自中國傳來乎。今留學日本。轉望其文明輸入中國。則以日本維新之力。而中國維新之不力也。中國三十年前。遣學生出洋留學。與日本同時。日本留學生歸國。習工者。用以興工業。習商者。用以興商業。習法政者。司法行政。習兵學者。治兵。此能用其所長。無怪其效日著。中國則學焉而不用。即用矣。而所用非所學。豈惟用之也非所學。名之也亦非所學。日本學校之制。法科大學卒業者。曰法學士。再則曰法學博士。農科大學卒業曰農學士。再進則曰農學博士。他科亦倣此。名實相副。人人榮之。今科舉不罷。則出身學堂者。亦仍生員舉人進士翰林之名。正不知其所學者爲何科也。既不知所學爲何科。即不知所用爲何職矣。故人人有所用非所學之慮。是宜循名責實。一切出身。各按所學而予以名。即各出所學以見諸用。此亦維新求實之一端也。得昌氏講求工學。即以之興工業。而有效。感其事。故縱論之。又觀製絨會社。先以機洗羊毛。令潔。又以機彈成絨。有先染色者。有本色者。又以機鋪勻成帶。復抽成粗線。又以機紡爲細線。又以機織成匹。有寬二丈餘者。又以機刮取一面爲毛。中國謂之搗絨。亦有不搗絨者。煑而染之。蒸而乾之。其堅厚者爲陸軍衣袴之用。或製氈爲軍人之被。其細薄者爲洋式衣襪。其機之重大者用男工。而織紡縫紉。男女雜作。而女工爲多。男女共一千三百人。資本百萬元。機器三十五萬。日出五六千元之貨。又至一會社。則機器不用織而用編。有編布之機。有編襪之機。有縫衣之機。有製緶之機。皆女工爲之。日本女子皆出於學。其女學生俱列裁縫一科。又或初等小學。高等小學卒業。送入各局學爲工作。每局多者數千人。少亦數百人。皆能自謀生計。故既嫁亦不至坐食爲丈夫之累。惟男女雜作。不無流弊。中國女學當振興。女工當提倡。自不待言。但當守男女有別之訓。以愼之於始。斯可耳。晚至宏文學院。聽坪井正五郎講人類學。並募速記生爲之記。出將譯而刊之。

二十九日。至司法省。司法省者監督各裁判所及檢事局。指揮檢查事務。管理恩赦。復權戶籍及一切系。於司法事務。隸於司法省者二局。曰民刑局。曰監獄局。民刑局所管理事務分民事刑事。關於私法事件。歸民事。關於刑法事件。歸刑事。而實行司法權者。則爲裁判所。裁判所分通常特別二種。特別者海陸軍軍法會議在有治外法權國之領事等通常者區裁判所地方裁判所控訴院大審院凡關於私法或刑法之情輕者先入警視廳閱二十四鐘即到區裁判所不能決再到地方裁判所不能決再到控訴院又不能決乃到大審院區裁判所官一人地方裁判所官三人控訴院官五人大審院官七人。外國之法。行政司法。判然爲二。所以易得其平。覽畢。乃約司法省招待員鎌田眞平至日比谷午飯。罷。因往觀東京監獄。及市谷監獄。市谷監獄。其房屋多係維新以前之舊式。東京監獄則新式也。特不及巢鴨監獄之宏敞耳。其看守之法。與巢鴨監獄同。晚至宏文學院。聽坪井講人類學。坪井爲研究此學專家。以數點鐘時講五洲人類形況風俗畧盡。予與樹五議。二夕爲時太迫。欲請將人類進化生存競爭之義。更演說一二夕。使吾滇學生。知優勝劣敗。各有警惕奮興之意。此乃吾輩講人類學之本旨也。商之嘉納氏。亦以爲然。

三十日。與樹五伯貞至八王子觀監獄。桑鳴謙三導往。此獄乃女監。其監長篠田又吉。

謂日本維新以前。女子無學。無智識。不爲人工作。亦少犯法者。自女工興而女犯漸多。約十五罪人之中有一女犯。通國女犯有一百七十餘人云。其女犯皆衣赭衣。或紡或織。或裁紐。白晝聚於工場。各執一業。夜則監於室。室皆潔淨明朗。有特別室。男子不得入。惟典獄可入。有病室。病室看護婦即以女犯爲之。無事亦自紡織。有所謂懲治者。大致十餘歲女子。偶不率教。無大罪過。其父母欲懲治之。送入監獄。使與女犯一體工作。俾知改悔。此則不衣赭衣以示區別。監獄中皆有教師。年幼者。及不識字者。皆照小學教法教之。有女犯甫受教一年。能爲數百言之長札。監長出以相示。頗有喜色。予觀日本監獄。其監長等入必佩劍。看守者一呼。罪人皆俯首爲禮。頗嚴肅。飯時逐層排列。皆整齊。無交語者。作工時亦然。而監長談及罪犯。惻隱之心。露於詞色。蓋皆學問中人。得哀矜之意。雖責以苦工。無鞭撻從事者。故犯人雖重罪。不加桎梏。亦少逃逸。以其待之者有道也。至工錢之多寡。以罪之輕重爲等差。罪輕者作工值一角。給五六錢。稍重者給三四錢。再重者給一二錢。(日本銀貨一角易十錢)至期滿出獄。有積至數十元者。亦可作小本謀生矣。獄中必有大講室。每禮拜以僧講善惡果報警醒之。諸獄皆同。午後六鐘。至宏文學院。嘉納氏爲言日本維新後之學校。其改革分六門。一曰初等普通。分尋常高等半日二項。二曰高等普通。分中學女高等二項。二項中有預備入高等者。有專門。如法律學醫學農學及師範之類者。一曰大學。一曰技藝。如美術音樂之類。一曰師範。一曰實業。如農工商鐵路之類。以上六者。屬文部。其不屬文部者。有海軍陸軍商船郵便電信諸學校。又曰西京之大學無文科。其法科則習法律政治經濟。其理科則習哲學文學物理化學。所以一科必兼數學者。以西人專門大學。非兼數者不能稱也。其餘高等學校預備入大學而設者。又言明治五年。學制頒布之始。小學分上下等。各八級。下等八級之始於習字綴方單語讀方。修身口授單語暗誦之外。惟有洋法算術耳。漸至五級以上。乃加地理讀方及養生口授等。四級以上。則加讀本輪講。及文法等。三級以上。則加地學輪講等。二級以上。則加理學輪講等。一級則各科輪講。及文法習字書牘算術之外。更有諸科。温習上等之第七級以上。乃加西洋事情及史學輪講。博物格物等及細字速寫。五級以上。則加幾何正形之類。四級以上。乃加諸線角度。三角。及測地畧。萬國史西畫等。三級以上。乃加化學。五洲記事。以至一級皆然。又言明治六年。政府助小學費三十萬元。八年增至七十萬元。十四年廢。又言半日學校。爲貧人設也。學生分班而以一師教之。又言補習學校。則已習而未純熟者入而補習之。又言維新以前。已有專門學。先學荷語。漸及英法德語。初習醫學兵學。漸及理化學生理學。又言明治四年以前之大學。殆如學務處。然所異者有教授之事耳。後乃廢之而講普通教育。自聘奥人爲教師始講實學。明治六年設文部。明治十年始併東京開成學校及東京醫學校爲東京大學。自後屢次增改。至十九年始改東京大學爲帝國大學。並頒布大學令。大學分文科。法科。理科。醫科。工科。農科。又言先有小學。無中學。東京大學之始。皆外國人爲教授。明治十四年。始制定中學校教則。其前既無中學。何以入大學。其入大學者。亦維歲歲預備而已。因程度不易足也。十九年頒布小學校令。廢教育令尋常小學四年。可入徒弟學校。高等小學亦四年。然滿第二年級者。可入工手學校。滿第四年級者。可入農學校。商學校。尋常師範學校。中學五年。可入高等師範學校。其有志入大學者。則先入預備科三年。再入高等中學校二年。乃入大學。大學四年。共二十二年方畢業。此則循序漸進。與初時由小學入大學之躐等者。迴不侔矣。今又嫌其爲期太久。乃改高等小學減二年。高等中學預備亦減二年。大學有數科減一年。共減五年。則十七年可畢業也。夫由六七歲入小學至二十七八歲而後大學卒業。爲時不過久乎。故政府改之減去五年。使其二十二三歲便可卒業耳。又言國民教育。獨逸八年。英佛七年。日本則只四年。初亦欲多年。而令之不行。乃定爲四年以齊一之。使其有道德國民之基礎而已。近固屢議。增爲六年矣。又言平時勤苦則富。戰時奮勇則强。此皆非教育不可。又言長時之智育。非有少時之智育不可。然非先有體育。則智又何從而育之。有健全之身體。斯有健全之精神。故體育又爲國民教育最要。又言尋常小學生之力一斤。高等小學生之力五斤。迥不同也。然毫無教育者。合十人而無五斤之力。則國大人衆。亦無不敗者。又言日本近來高等學者日多。故實業軍備皆進步。又言高等學問既成。乃能酌事與地與時之緩急。又言師範未研究。則一人教二十人而苦矣。善學者師逸而功倍。是故先須研究師範。又言師範不止研究科學。又言中國若設大學。則文科或可。法科或猶可。然總不可謂之大學。欲設大學。先設專門。又言日本大學且未盡妥。又言凡設學。須一步進一步。予性善忘。又連日考察。頗形疲憊。聞嘉納之言。亦多不能記憶者。伯貞譯之。樹五筆之。予乃得據而書之。如此。嘉納爲東京高等師範學校長。又爲宏文校長。吾鄉留學者。多從之遊。故予甚願聞其緒論。嘉納謂登臺演講。不如靜室對談。故有此一夕詳說也。今觀其言見日本興學。亦逐漸改良。乃能蒸蒸日上。吾輩有學務之責者。可不勉師此意以求進步哉。

八月初一日。至東京府。晤第二部長岡五郎。遂參觀市役所。市長與府知事分爲二室。市有十五區。區事歸庶務室。戶籍兵事皆隸之。每區一役所一警署。市長所理之事。分爲數科。曰內記。曰庶務。曰土木。曰市區改正。曰教育。曰衛生。曰水道。曰會計。有東京市會議室。及東京市參事會議室。市政之重要者。市會議決之。市會議員凡三級。共三十至六十人。市政一切事務。市參事會議決之。市參事會議員凡十二人。皆名譽職員也。市會及市參事會爲議決機關。僅有議決之權。市長爲執行機關。僅有執行之權。但參事會則市長及市長之助役。亦居議員之列。會議室亦小議院也。其衛生之事。姑舉捕鼠一件。有百斯篤室。即剖鼠而檢查其有菌與否處。蓋鼠得地氣最先。疫癘流行。則鼠有菌。菌者微生物也。以數百倍之顯微鏡照之。乃見鼠有菌則傳染及人。故令捕鼠。

民間得一鼠以獻者。予五錢。日人因惡鼠以捕鼠。常必欲全滅之。東京一市。半年約得十萬鼠。午後六鐘。至宏文學院。聽佐佐木吉三郎講小學校顛末。其言曰。日本之在古時。豈無小學。然專教以古學。至明治初年。以至十二年。西學已入。而又兼糅舊法。謂之混沌時代。一切倣米國。教師則有試驗者。有神官而不須試驗者。教室則有新建。有家塾有寺廟。教座則有席地。有高座。至於十七年之時。智育全盛。則專講英國之實利學因英國之生理理科。皆極實也。始也。用注入教授。注入云者。謂不問學生能受與否。而必以此教之。如注物於器者然。繼也用開發教授。則欲授一學。必先使學生疑問而後教之也。十八年至二十二年。文部大臣森有禮定令以體育爲主。所有小學皆體操。師範教習。有用尉官者。二十三年至二十八年。則德育時代也。因二十三年十月初三日皇下令重德育。使一時之個人主義。社會主義。世界主義。一切歸於正焉。蓋是時德法之說輸入。不止於英美。而德國之學尤多。二十九年以至今。則爲修成時代。最特色者國家主義也。而又棄個人之教育。取社會之教育。人必類聚。功必交勉。有尋常小學。有高等小學。有尋常高等合辦之小學。或私立。或市町村立。而市町村立者爲多。其附屬幼稚園。爲預備小學。西洋之幼稚園。本爲窮民而設。日本效之。富貴者亦願送入。其小學中又有補習科。補習科者。爲小學卒業者。既就實業之後。得於近旁日分一二時學之者也。又或既卒業後。隣近無高等小學。或力不能就高等小學。以補習其向來所習之業。不更授以新科。時間最少。一星期不過數時。多至十二時。至小學之科目。有必修科者。修身國語算術體操是已。有加設科者。手工唱歌圖畫是已。亦有無手工而加地理者。女子或加裁縫。此尋常小學四年。所謂强逼教育者。若高等小學。則加歷史地理。理科英語。亦有無英語者。三十四年。調查小學校之數。師範附屬者五十二。市町村立者二萬六千六百零九。私立者三百四十九。其教員之數。師範附屬者五百四十四。市町村十萬一千零四十五。私立者一千一百一十一。其學級編制。在尋常小學校者。其例有三。一曰全數兒童。未滿六十人者。爲一學級。此單級教授也。一時而教四班。或國語。或算術。或國文。或寫字。可省學費。而求好師。此全恃教課配置之巧。非得老練之本科正教員不能辦。二曰七十人以上。而未滿百四十人者。爲請二師。編爲二學級。第一二年者爲一級。第三四年者爲一級。此亦須用本科正教員二人。三曰百四十人以上。

則分爲數級。或五十人。或七十人。各爲一班。此多級教授也。可兼用本科正教員及准教員。並代用教員。總之一學級用一本科正教員者。此至善之法也。初辦人才不足。不得已兼用准教員及代用教員者。此權宜之法也。必使正教員總持各級之教育。而准教員代用教員受正教員之指揮而補助之。否則不能望成績之佳良也。至男女同學者。尋常一二年可合。至三四年則必分。在高等小學校者。其例亦有三。一曰六十人以下。可爲單級。比尋常者人數較少。因課程較難也。二曰六十至百二十。必有二班。三曰百二十人以上。或四十五十六十爲一班。皆可。男女仍以分爲好。男女同學。文部定令。以尋常二年爲止。而教育家則以高等二年爲止。其授業日數。凡日曜日之外。尚須休息九十日。共餘二百三十五日之功。可多不可少。其授業時數。尋常小學。每一週十八至二十八時間。高等小學。每一週三十時間。尋常高等。皆一二年可少。三四年不可少。其教科書初用譯本。今已久用編本。文部編定者。一修身。二讀本。三習字帖。四算術。以及地理歷史圖畫。其教授細目。皆教員以意定之。不可太過。亦不可不及。其教授日案先有豫備。何時教何業。何時發何語。或刻本或鈔本。各學校皆有之。其成績考查。分五等四等三等。日本學校並無定例。而附屬小學則用美。良。可。稍可。不可。五等。其餘有用上中下者。有用甲乙丙丁者。考察成績。只恃常時觀查。不貴臨時一考。凡臨時一考。不過作參觀之意。並不以爲本意也。至德育之法。當注意於良習慣。雖教科有修身。而尤貴實行。不止在教授。然教授之時。亦可養成良習慣。譬如有脚動鼻動等弊。教習隨時以淺語教之。使時時有警惕。則不暇有此弊也。故訓練與教授並重。又自由游戲之時。亦宜注意。不使之失於輕躁。然欲救此失。只有教習與學生同到運動場而已。若使教習懶出。則兒童必成惡習慣也。教法之善不善。可於此等處一覽而知。至祭日卒業。所行儀式。尤宜注意。又校外行走。及校中作業。皆當注意。作業者。命以洒掃之類。掃洒非樂事。先生善誘之。則樂也。否則上强之而下欺之矣。又宜令學生會合以習演說。而爲師者。又宜與學生家庭聯絡。日本通例。歲有談話會。六月中於學召集兒童父兄。月有通知簿及成績表。又隨時訪問其父兄。則學生之行止良否。可以盡悉。以上所言日本學校。莫不實行之。佐佐氏之言如此。予以其切於小學校之辦法也。爲詳錄之。

初二日。與樹五伯貞至高等師範學校。見秋千博士。謂研究下等動物。約百數十類。由動物而進至人類。有相通者。有不相通者。然非先研究動物不可。海底之沙一滴。挑而察之。不知其有幾千萬動物在內也。歐洲人考究海峽之底。皆是此動物而已。意大利海岸一掬之沙。其動物有二千七百萬。如二掬則比日本人數尤多矣。因以顯微鏡試驗之。所試驗皆已死而沈水底者。若水面所浮而活動者。取之不易。又曰最小之動物。專供大者之食。其大者以鯨魚爲最。又出一物觀之。其形如水草。乃合數小動物而成者。如合衆人而成一國然。其如絲者。以禦外侮。如葡萄子者。主生育。其大者主食物。以養其全體。有社會之主義。此其靈者也。又出一物。其形如刺蝟。亦合無數動物而成者。雖若結成團體。而物物平等。各營其生。故有野蠻自由之象。因其事事須自做。不能合羣。乃個人主義。此其蠢者也。秋千之言如此。蓋即一二動物指示之。而社會主義與個人主義之孰優孰劣。判然可見矣。人苦不考究耳。秋千又出昆虫標本數匣示之。有所謂誘惑色者。有所謂警戒色者。亦以見細至昆虫。無一不競爭。智者生存。愚者死亡。理固然也。況人爲倮虫之長。聚而成國。又處競爭之世。安有愚而不智。能僥倖存立者乎。秋千又發明一器。名曰米苦羅脫。譯爲小切二字。能切物之一小部。由一百分至六百分。平均則爲三百分。其機器乃自創。而刀則仍用歐洲所製者。秋千導觀標本室。講論頗久。不能悉記。其於社會與個人之主義。及優勝劣敗之事理。隨物指點。使人知靈者之存。蠢者之亡。人與物無異。有不能不出於競爭者。吾國民智未開。而列强環伺。可爲凜凜。復觀其大講堂。甚宏敞。樹五云。曾見校中行卒業式。全校諸生數百人列坐其下。校長登堂演說。給卒業者之證書。文部大臣及有學務之責者皆在焉。

初三日。與伯貞觀第一高等女學校。其程度與男子中學校畧同。其學科則修身國語。外國語。歷史地理。數學。理科。圖畫。家事。裁縫。音樂。體操。以四年畢業。日本維新以後。變服色。從洋式。短衣窄袴皮鞾。取其便也。然亦在官者。當兵者。操工作者。遊歷他國者。乃變服。其居本國。則男女多着吳服。說者言初與東吳通。仿其服式而爲之。故仍吳服之名。長衣圓領。大袖。或加裙。或加外褂。亦謂之和服。則日本夙號大和也。行則曳木屐。聲橐橐然。在學校則男學生衣冠皆變爲洋服。女學生則吳服。加紫裙。近以吳服大袖。不便於體操。因令女學生亦改爲窄袖紫裙。則如故。然有改者。有未改者。其未改者。體操時則以帶束於肩腋間。作斜十字狀。以歛其長袖。使其便於操演。而足則仍曳木屐。然不如已改者窄袖皮鞾。結束謹嚴。尤爲便捷也。但洋服價貴。吳服價廉。皮鞾價貴。木屐價廉。貧富有難相强者。日人軀幹短小。其魁梧者十不獲一。近來醫學家體育學者。極力研究。以爲女子身體不强。則所生之子亦難壯大。其尤加意於女子體操者。職是之由。是日正見其體操。步武整齊。與男子無異。此間素具尚武之精神。今觀其注意。益令人有秦風板屋之思焉。又觀音樂教室。一女師置風琴於前。衆女生列坐於下。各執歌譜。女師歌之。女生學而和之。稍熟。則令女生群歌之。而女師撫風琴以範之。春容大雅。使人神怡。或曰。此外國之樂。中國用之。或不相宜。予謂孟子有言。今之樂猶古之樂也。顧用之何如耳。古樂既失傳。今以風琴陶寫性情。取其有益。何必過泥。弱女雖非男慰情良勝無。正此類也。頃刻之間。觀女子體操。又觀女子音樂。即此二事。其教女子。已文武兼施。況其他科學。無不完備乎。吾國文者不武。武者不文。愧於日本女子多矣。因愧思奮。惡可已也。

初四日。參觀常磐小學校。因暑假初消。每日只三小時課程。其觀科學。則高等四年男女皆增商業。可以知戰後之注意矣。中有幼稚園。幼稚園功課。分遊戲唱歌談話手技四門。余正見保姆教之遊戲。其法畫地爲大圓圈。作規形。中再畫長圓圈。長圓之兩界。與大圓界交。圓心更畫大十字。各抵大圓圈界。作矩形。保姆導之。先依大圈而立。聞音樂聲。則循大圈而進。折而入十字。至縱横交點。則折而出。轉循大圈半圓。則更曲由長圓圈而進。步驟緩急。一與樂聲相應。保姆復依樂聲導之歌。兒童和之。以爲之節。左右回旋。周則中規。折則中矩。必使前後不即不離。左右交互相讓。觀者亦不覺快樂無匹。則兒童之興味。勃勃可想見也。此眞可以養成其規律之性。樂羣之性。和樂之性。不止發育其身體者也。其他誘導之法。未及遍觀。即此一端。已有法度矣。其小學校講室。大致一小時授一科學。亦有一小時授二科學者。此其異也。午後至赤十字社。此爲日本中央赤十字社。赤十字社者。亦慈善事業之一。而萬國聯盟者也。日本自明治十九年始加入同盟。專以療治負傷兵將爲事。戰地所在。必隨之而往。無敵我之分。皆救護入院而療養之。赤十字社中人。敵人亦不傷之。帽簷及左臂有赤十字者是也。各地方所設爲分社。社員近百萬。不盡爲日本人。他國人亦有入其社者。每年得捐款約百餘萬元。其看護男。看護婦。初教年半。而用之後。改爲三年。既受教者。當盡義務十五年。

以各府縣知事爲社長。遼陽陸戰時。看護專用男子。本國內地專用看護婦。病船往來。則看護者男婦兼用。芝區有赤十字看護學堂。學成後。無事則入病院看護病人。有事則入赤十字社。看護傷兵。皆有工食。我國當於京師設中央赤十字會社。與萬國聯盟。亦不可無者也。晚與伯貞赴得能通昌之約。得能夫婦出迎客。見其一子二女。其婦見予不曉日語。因言曰。適異國不知其國語。甚不便。得能亦言曰。吾昔遊法國。不通其國語。一日出。忘所居旅館之名。意不能返。乃上輪船至英國。故遊歷以通語言爲最要。座中有高田忠周者。日人之嗜漢學者也。出所著書十餘卷。皆講求說文。善篆書。能畫。予題其畫芝蘭云。蘭爲王者香。何事在空谷。佳友結靈芝。千秋播芬郁。又一客畫菊。亦屬予題之。因爲一絕云。不畏西風不畏霜。數枝閑澹弄秋芳。陶潛去後誰知己。只有香留畫錦堂。飯後。得能夫婦令二女彈琴以娛賓。可謂雅人。非但實業家也。臨別復款款言明年令郎君來學。當長至我家云。

初五日。至警視廳。其室中懸各國警察照像。中國及佛英德比荷奧印度皆備。所以資參考也。然衣冠形狀。大同小異。其得力不得力。仍視其國警察學之程度何如耳。未有無學能見效者。廳有消防一部專主救火。而警察有行政警察。司法警察。及高等警察之別。此其行政警察也。署中有電報電話四通八達。遠近消息無不靈通。又有一電報。若遇緊急。雖人不在側。而電報自出。尤爲奇妙。予嘗謂陸軍海軍所以禦外。警察所以治內。皆國家之大政也。然亦須得其平。若挾勢力以遏抑之。則人民鬨然矣。是日以日俄和議未能得利之故。國民開大會於日比谷公園。予與樹五石生幼達伯貞自警視廳出。擬就松本樓午飯。至日比谷公園。杜門禁出入。周圍有警察環守。意令國民不得入。以罷此議。松本樓即在園中。故未能至。乃與諸君至味蓴園。食畢。又至天文台。白晝不能看星。只能觀日。日中有五黑子。觀月則不甚明晰。以月光爲日所掩也。予前夜曾與伯貞至臺上。用望遠鏡觀月。如銀刀新發於鉶。而上有凸凹之迹。又觀土星中圓形而兩旁若抱珥。又觀火星。則鏡中所見。較眼見者大且明。晚至長岡子爵邸中。赴其招飲之約也。遊於其園。林木蔚然。有老松尤奇。和田純君曰。此二百餘年古物。下有池魚。長二尺許。自波心躍出者再。長岡謂予曰。此池無名。君當爲我名之。予擬名爲躍鯉池。紀所見也。酒半。長岡得電話。知國民大會爲警察所阻。憤而破門擁入。警察以刀揮之。

傷一人。故益憤而焚其官署。縱火者雖下等社會之人居多。然亦曾受教育。畧有程度。乃能不延燒。不搶劫。惟與警察爲難耳。或曰國民會議。乃此邦常事。使警察不操之過蹙。亦不至如此決裂。又曰。民間此等舉動。明治初年有之。近三十年來所無也。予既歸寓。遣車子回。途中人民群聚。見馬車則擊之。以爲日本官車也。蓋憤甚矣。既覩其爲空車。乃釋之。故出門者咸有戒心云。

初六日。先是文部省已訂期於是日約往聽講。及晨以電話問之。知各署皆以兵守護。乃不復往。吳石生張幼逵至。乃與往觀濱町小學校。亦尋常高等合辦者。校長堀江嘉吉。謂東京小學校。當以此爲最。蓋選擇教習。較他校尤認眞也。尋常小學科一二年授修身。國語。算術。體操。四目。三四年加圖畫。唱歌。女子並加裁縫。高等小學科四年皆授修身國語算術日本歷史地理理科圖畫體操唱歌。九目。女子並習裁縫。其教習每時間四十五分鐘。休息十五分鐘。其學級分爲十二級。每一級尋常科在六十四人乃至七十人。高等科六十人。正教員十三人。專科教員三人。准教員一人。觀其體操。男師教男學生。女師教女學生。每變一式。師口講之。身先之。乃令學生仿爲之。不合者爲扶正之。觀其裁縫。則女學生各置繒布刀翦針線於案。女師畫圖於黑板。又注以字。指而說之。皆曉其法。然後令剪裁之。縫紉之。又巡視其不合者。爲救正之。此高等第四年級也。又至一室。乃尋常第三年級女學生初習裁縫。見女師敎絲結之法。亦畫圖於黑板。注字而指說之。又手自爲結。令學生仿爲之。不合者又講說之。至於皆合而止。一敎數十人。不覺煩難者。有圖說則易曉也。其他敎法。無一無圖說者。大都且畫且講。粉筆黑板之功爲不小矣。又至一室。乃尋常第一年級小學生正課習字。文部所定習字帖。皆二王草法。日本平假名所自出也。各置一册。倣而書之。作二寸大字。其有筆意者。十居其八。以二王書法圓轉。尤宜於童蒙耳。日人自幼習書。懸腕甚高。運筆甚速。學成尤便於用。此亦可取者。午後歸寓。是夜國民又燒警察所數處。

初七日。與翊臣幼遽李厚本至有馬小學校。遊觀數講室。近日只三小時課程。已將放學。其校長問曾觀常磐濱町小學校否。答以曾往觀之。但時促未能遍也。校長因曰。今課程已畢。然公等來不易。吾爲特別演遊戲體操及唱歌音樂。窺其意似有與常盤濱町競美者。夫校長有爭勝於人之意。則學務必有進步矣。其遊戲體操。男師率男生而出。女師率女生而出。各百餘人。分行排列。周旋折旋。速而不紊。履聲與琴聲相應。雖數百人行。其足聲若一人行者。男師登臺。作各種體操式。男女學生各倣爲之。數百人如一律。既又以一男學生。如師之登臺。亦作各體操式。各學生仿爲之。既又以一女學生登臺。亦作各體操式。各學生仿爲之。皆有口令。手舞足蹈。皆甚有力。男生登臺。則男師以風琴節之。女生登臺。則女師以風琴節之。已復亂其行。作跳躍狀。皆數百人一律。既畢。搖鈴。則各歸其伍。分行排列。逐隊而歸。亦速而不亂。校長云。此雖遊戲。而操之甚熟。殊不易也。予觀小學校教法。得張弛之義焉。記曰。張而不弛。文武不能。弛而不張。文武不爲。一張一弛。文武之道。此間教法。頗得此意。每點鐘在講室教授五十分鐘。其尋常一二年級者。止四十五分鐘。以十分十五分鐘爲休息。聽其赴操場運動。師亦至焉。其小學生之於師。有墜其肩者。抱其腰者。曳其手足者。師亦聽之。且更誘之。而學生與學生之跳鬧讙呼。更不待言。所謂兒戲。漫無規矩矣。弛之甚也。及一聞鈴聲。跳鬧讙呼。陡然止息。各就行列。行列既成。以風琴節之。各師導學生歸講室。嚴肅整齊。如軍人之走陣。張之至也。吾國教法。有張無弛。及出學堂遊戲。則師不與焉。失之遠矣。前夕佐佐氏謂觀遊戲時。師與學生皆在。而學生與師甚押者。乃教師之善者也。此言最有體驗。然非親睹其跳門讙呼。而聞鈴即止之狀。鮮不訝其言之太過矣。又至講室。觀唱歌音樂教習。畫曲譜於黑板。令一女生登臺。以竹鞭指譜而歌。羣女和之。師以風琴節之。或師自口歌。而手按風琴。羣女和而歌之。或僅書曲名于板。令羣女歌之。師但彈琴而已。其法不一。吾滇師範生在此將一年。參觀既多。頗謂音樂一門。亦教術中必不可少者。是日日皇下戒嚴令。以人民燒警察署之故也。始則其氣甚惡。至此令下。乃漸歸平靜。然聞大坂尙有十一日開國民大會之說云。

初八日。翊臣餞樹五於成昌樓。並邀予與石生幼迻懷若伯貞幼山諸君俱在座。予昔讀楚辭。至登山臨水送將歸之句。掩卷而思。黯然銷魂。況萬里海外。同爲異客。又半屬龍池舊友。一旦解携。何以爲情。舉杯勸酒。諸人皆醉。懷若獨不飲。曰吾嘗戒人飲酒。烏可自醉也。樹五曰。懷若可謂獨醒矣。酒罷。又與諸君至寺尾製作所。觀湖北購造之軍用模型。大致城隍營壘。地道砲臺。橋梁車船碉樓之屬。共數十具。合日鈔九百餘元。皆仿日俄戰時所用而製之。以爲將弁學校參觀之助者。歸至寓。而驪駒在門。樹五竟登車去矣。諸人惘惘。有別離之色。遠遊見歸客。此情何能自已。因念樹五昨以四詩留別諸友。予曾和六絕句云。三十功名侍從臣。廣川對策更無倫。飛仙又渡蓬萊水。爲我東都作主人。予初至日本西京書東都主人四字寄東京贈樹五 海上三千從徐福。島中五百殉田橫。東來自古多奇士。日日從君問姓名。衣冠士女仍吳服。庠序師儒尚漢文。好向此間探古蹟。豈惟到處得新聞。扁舟共濟津輕峽。古埝重尋愛宕山。正擬遊情寄盃酒。那堪別曲唱刀環。昨日芝山還竝轡。明朝麥酒定分巵。駿河臺畔中秋月。共此淸輝又幾時。紫陌紅塵趁馬蹄。君歸日日過鳳城西。鵷鸞舊侶如相問。風雨寒雞不住啼。今錄於此以志別。

初九日。與幼逵翊臣培初往常磐小學校。則已放學。未得觀。因晨興客來不絕。未能早出也。至偕樂園午飯。欲往白痴院。行半日竟未得其所在。已近巢鴨村。遂至宏文學校。訪師範諸君一談。並將購各府書器事託迥樓爲之料理。至薄暮乃歸。

初十日。同鄉開例會於富士見樓。與陳㓹亭及翊臣石生幼逵小帆同往。午後六時。至宏文本校聽文學博士建部遯吾講社會學。分爲八節。言其大畧。以二三小時不及詳說故也。八節之中。有精深之語。有宏肆之語。予則取其最顯明者。有八字焉。協同生活。

乃成社會是也知此八字則知社會爲今世必不可少者。就社會之小者言之。如工商路鑛及其他經濟學問一切。何一不賴集多數之群力以成會社夫資本不厚則獲利不豐。此不待言。社會不成。則彼此各營私利。各不相顧。自已同胞相賊。何能與異國競爭乎。日本營利之會社。種種不同。有合名會社。有株式會社。有合資會社。有合資株式會社。即中國所稱公司。公司之名。亦不如日本所稱之確。且日本會社。尤具種種之性質。合名者。無限之資本勞力債務社員共同擔任者也。株式者。會社主務者之責任。爲有限責任。惟會社之資本財產社員僅出股份股份可以轉售。重要事必經衆社員議決者也。合資者。擔任無限責任資本勞力者親理之。社員僅出有限資本不親其事。但所出資本。不能如株式股份。可以任意轉售者也。合資株式者。社員僅出資本。其性質如合資社員。又有一部僅出股份。其性質如株式社員。而會社主務者對之。亦兼合資與株式兩主務者之資格者也。夫會社雖有種種不同。而其協同爲以謀生活則同。且就一業而立社會。猶社會之小者也。合一國而成一會社。其會社乃大合數國而成一會社。其社會尤大。大者勝。小者敗。大者生存。小者危亡。理勢宜然。無足怪者。甲午之後。

中國敗於日本。以中國無社會。所有者四萬萬散人耳。日本上下同心。是能合一國而成一會社者。譬如積穀盈倉。不知其幾萬萬粒也。碾石之大僅數尺。以石碾穀。無不脫其皮者。石雖小而力全。穀雖多而勢散也。故曰合一國而社會大近者。日俄之戰。以一國敵一國也。日既勝俄矣。宜媾和可得利矣。英與日同盟。宜無不助日者矣。乃以同爲白種之故。竟與德法合謀。助俄而抑日。以防黃種之禍。日遂大失其利。是又直以種族爲會社也。故曰合數國而社會尤大。建部博士雖未明言及此。然其論社會體制關於國際者。可以是証之。博士又謂社會爲混一體。吾爲推論之。將來必有混一五洲以成一大會社者。此亦理想中所應有也。嗚呼。吾中國之人。並一業之會社。亦鮮有能組織而成者。豈非危亡之象歟。南皮張尚書之言曰。惟知亡則知强。雖然。安得四萬萬人皆知亡而知强哉。此吾所以願聞社會之說也。博士出其所述社會學綱領一冊以贈予。稍暇。當詳玩之。

十一日。晨遊植物園。乃帝國大學理科之一部也。其池有南美洲之草。北美洲之水蓮。其溫室則嘉植尤繁。朝鮮琉球台灣印度歐米之產皆具焉。其理化室則大學生研究物理處。午後二時。至早稻田大學。觀吾國留學生行始業式。主事青柳篤恒報告其畧曰。淸國留學生。來者日衆。競欲速成。或半年。或一年。畢業歸國。速則速矣。未可以爲成也。今特開此班。每班五十人。六班共三百人。以三年畢業。其不能日語者。尙須入豫科一年。乃入本科。各學生既衆。賢否不齊。宜自相勸戒。勿常告假。勿犯非僻。當念兩國同文同種。與日本各學生。亦加親密。互爲砥礪。以期學成。則本大學之望也。學監高田早苗訓示。其畧曰。本大學初擬收淸國學生二百人。報名者甚多。乃推廣至三百人。日本學生。亦有數千人。再多則不能容。故以三百爲限。學徒既夥。有賢有愚。本大學規則。不能不嚴。然皆與日本學生。一體相待。非有歧視也。各宜遵守教條。勤相勸勉。以求進步。是望。吾國楊公使演說。其畧曰。中國孔孟之道。以三綱五常爲主。此萬古不易者。中國政治。莫備於周官一書。與西政亦頗相同。但從前未設爲科學。如外國之專門研究。今値朝廷維新之會。諸生出洋遊學。亦時勢宜然也。日本東京學校。帝國大學之外。自以大隈伯所設早稻田大學爲最。然頗不易入。大隈伯念兩國同文同種。諸生遠來就學。吾與大隈伯又數十年舊友。爲諸生力請。乃特開此班。諸生宜體此意。各自劬學以底於成。是所至望。演說畢。大隈伯約清國各員。至其宅晚餐。予以時晏。恐誤宏文聽講之約。乃與陳和亭辭歸。晚至宏文聽小川技師講鐵路事宜。其畧曰。日本三十五年前。鐵路未發達。政府見交通機關在鐵路。乃注意焉。初辦鐵路。全倚歐美人爲之經營。兩年。橫濱至東京之路乃成。費甚鉅。以日人不能自爲也。京濱之外。由神戶至大坂。由大坂至西京。雖漸告成。費皆不貲。政府乃知鐵路非自修不可。乃遣學生至歐美學習二十五年。後漸有歸者。辦事乃不困難。然機關轉運。未能完備。乃復進求經濟學。於是全國學者。亦知鐵路非自辦不可。十五年來。乃組織株式會社。鐵路益興。是時學生能自造者亦多。乃不用歐美人。政府人民皆知鐵路有益。爭相造設。於是政府線社會線有四千八百英里之多。後乃益加成。今日鐵路之現象。鐵路既發達。商業亦因而發達。輸出總額至每年五億萬元。近且將及七億萬圓。軍事亦便於轉輸。故能與俄戰。而兵糧不絕。若中國能遍設鐵路。亦莫大之利。今就平日研究中國之鐵路。爲諸君言之。由天津至北京爲一線。北京至漢口爲一線。吳淞一小線。金州至新民爲一線。上海至南京爲一線。高密至泝州爲一線。以及京張鐵道。正太鐵道。津鎮鐵道。九龍廣東鐵道。自蘇州分枝。經杭州至寗波鐵道。有已開業者。有方建築者。合而計之。共一千三十英里。日本之大。僅中國十分之一。尚有四千餘英里之鐵路機關乃能靈通。則中國鐵路。非有四萬英里。不足用也。是必政府審相當之機關。順序布置。乃可以吾所調查者。由河南至陝西。由漢口宜昌。以達於成都。由江西至湖南貴州。以達於雲南。約四千五百英里。又吾所親踏勘者。由江西至浙江。又沿海至福建。以達於廣東。約二千三百餘英里。合而計之。共六千餘百英里。皆急宜建築。所最緊要者。在籌款耳。中國已修之鐵路。皆在平原每英里尚六萬兩。日本一英里七萬元。中國須八萬元。築路所需工料。中國較日本甚廉。修路之費。宜廉於日本而反超過者。用外人之故耶。抑別有原因耶。若擴充至四萬英里。所費更何如也。築路之先。測量與調查最要。惜中國尚無此人。如今中國之現象。正與從前之日本畧同。不可不汲汲以圖之矣。小川技師之言如此。夫日本一英里七萬元。猶合隧道河梁而平均計之者。中國一英里八萬元。乃在平地。若遇隧道河梁。則每里不止多費一萬元矣。即以一里多費一萬元計。四萬英里。將多費四萬萬元。如今即不能不用外人。安可不速遣學生出洋。以從事於鐵路之學也。吾國鐵路由滇達蜀。

已蒙丁巡帥奏准自辦。又派學生出洋學習鐵路。建築管理之法。誠爲急要。惟望各學生勿務於速成。苦身戮力以求實際。至確有把握。乃歸而經營焉。則爲國家效勞。爲桑梓造福。其功眞不小。吾率各學生而來。尤有不能不跂望者。

十二日。至東京府女子師範學校。有附屬小學校。幼稚園。又分其室之半爲第二高等女學校。女師範生。公費百八十人。自費六十人。公費卒業者。盡義務五年。亦送東修。特不許就他事。師範生有寄宿舍。每舍六人。一人爲舍長。高等女學生二百十餘人。皆通學自費通學者。入而請業。歸而食息者也。日本小學校。女學校。皆不寄宿。惟女師範寄宿焉。即女子學校。亦有寄宿。有通學而師範則皆寄宿。有寢具室。以席地而臥。晨起。必卷寢具而藏之別室也。有割烹室。其式如講室。其几案如裁縫室。其地與庖厨相近。每星期教一二小時。有浴室。日人好潔。無日不浴。又往往同浴。好潔可取。同器而浴則大不宜。有標本室。標本分數項。家政標本則米鹽凌雜之物也。歷史地理標本。則人物圖繪之屬也。餘可類推。其教裁縫。則繪圖於黑板。並注尺寸長短。學生先摹於冊。既了然。矣。乃裁而縫之。其教國文。各手持一卷。師先讀之。學生目注於書。從而默誦之。已。乃令一學生立而讀之。衆學生目注於書。從而默誦之。誤則師爲正之。如是者更數人。則人人皆已默誦數遍矣。次日考驗。亦止一人立讀。衆人各自注目於書而察之。是一人讀而衆人皆留意也。從無齊聲高誦者。以其數教室相連。若一時齊聲高誦。則數室爲之妨碍。不能聽講矣。故禁之也。各校皆如此。亦無背誦之法。只講解明白而已。其講法亦如讀法。師先講之。及異日考驗。則令一人講之。衆人聽之。有誤則聽者舉手。師則別令一人講之。又誤則聽者又舉手。又別令一人講之。必不誤乃止。若聽者不知其誤。不見舉手。則師自正之。而後別令一人接講之。故一人講而人人皆留意。此社會教法所以善也。故一師能教五六十人。若不得其方。則一師教十人。已不勝其苦矣。又至體操場。則吾滇師範生數十人亦來參觀。見女子操演。有武夫之氣。與諸君立而望之。而彼則旁若無人者。古詩云。女子乃如此。男子安可逢。予爲默念此二語不置。歸後得高等師範學校電話。約西歷十四日午後二時。到校參觀。又得楊公使約中歷十五日午飯。以中秋佳節。一宴鄉人也。晚間招何鴻翼楊振鴻來問其歸計。決否。以滇中有電促其速歸。並購辦陸軍書器。

十三日。復與翊臣和亭幼達小帆至女子師範學校。校長不在。則女舍監引而觀之。至幼稚園。則主事前田捨松君導之。觀小兒講室。女師坐於上。小兒二十餘人圍坐於前。掛圖於黑板。女師指而說之。皆淺俗日用事。小兒能解者。諸小兒或默聽。或喜而答語。皆聽其自然。且誘之使言。不禁之以遏其機。又至遊戲場。見小兒約三十人。以三保姆率之。或行或歌。或頓足或拍掌。或牽手而環立。或摟肩而並躍。其保姆身先之。小兒仿爲之。三十人如一律。一保姆以風琴節之。小兒皆歡喜有樂群之意。前田君又引至室。觀小兒恩物。恩物者。取父母長者恩賜物之意。蓋順兒童之嗜好。而寓誘導之意於其間。所以啓發其智慧。練習其手眼者也。物凡二十品。有絲綿爲者。有木製者。紙作者。有豆及粘土切竹等。其用意在色形變化。繁簡次序。長短配合。分解統一。經緯組織。而漸及意匠構造。如豆細工粘土細工是也。總之。幼稚園之用意在順其性。以爲德育體育智育之基礎。其事皆兒戲。而學校規模已粗具於此矣。午與翊臣赴楊公使之約。飯後即歸。

十四日。三省堂編輯所主任齋藤精輔。東亞公司書籍部主事鈴木敬親。及標本局出雲彌助。三人來訪。長岡子爵爲之介紹也。十鐘至盲啞學校。其訓育之法。亦有字譜音讀。以針刺紙。爲凸凹之形。令盲生捫之。而知其爲何字。其地圖以銅。鑄爲凸凹之形。令盲生捫之。而知其爲何地。其校長取吾輩名片以針刺之。令盲生捫之。而知其爲何名。盲生科學。有尋常科。有技藝科。均五年畢業。尋常科教以國語。算術。講談。體操。技藝科。教以音樂針按。音樂者。風琴唱歌也。針按者。鍼治按摩也。其訓啞之法。書字於黑板。講解皆用手式。予未觀其教法之全。亦不知其何以能領悟也。啞生亦分尋常科。技藝科。亦五年畢業。尋常科。教以讀方習字作文算術筆談體操。技藝科。教以圖畫彫刻。指物裁縫。校中懸啞生成績品。有極精緻者。校長小西信八君。出册屬題。以爲紀念。予題四語云。師曠何曾聾。臯陶本不瘖。爲天彌缺陷。用足式來今。校長又云。明治八年。創辦盲啞院。入校者僅六人。後見有效。來者益多。今全國盲啞學校。殘二十所矣。午後至高等師範學校。晤文學士遠藤隆吉。學士著有日本社會之發達一書。其於社會學研之極精。謂社會學與社會有異。講社會者。其言粗而淺。講社會學者。其言精而深。又極道哲學之有益。予念中國之學。弊在空言無實久矣。哲學非今日所急。當急者在求農工商鑛之實學耳。其大要則在法政教育三者。又中國個人主義太甚。導之以社會主義。最足以救時。若社會學之深者。亦非今日所急也。晚至巢鴨村宏文學院。聽石川千代松君講進化論。於人物變化之際。頗足令人解頤。然予所願聞者。欲於人類競爭。優勝劣敗處。得此間名人爲之澈底發揮。使吾國人知所警懼。知所奮興。乃爲有益。若僅論人物變化。尚非予本意所屬。故不詳錄。歸至黎伯顏處。坐談。得范靜生送來之聘教習底稿。又吾滇師範諸君商刻講義。屬爲請款。予以諸君遠來萬里。辛苦一年。爲吾滇學界輸入文明。此其嚆矢也。當爲籌之。

十五日。九鐘。和田純君來約至文部省。晤參事官田所美治君。田所君言中國開化最早。日本維新以前。全受中國之文明。維新以後。乃講歐洲之學術。有前之文明。故後之學術進步甚速也。中國維新。亦宜存其本質。進以他國之形式。則進步自速。又言吳摯甫先生來。吾與之講論最多。今吾遊歐洲歸。較前更有經歷。甚願與閣下論之。遂訂議自十八日起。每日講兩鐘時刻。既出。和田純君曰。長岡子爵所以必介紹文部聽講者。以吾兩國同文同種。自日俄談判既決。種族之現象益明。日本與中國。唇齒相依。甚望中國興學有效。乃能互相保存。故凡可以盡心者。無不爲也。予甚感焉。然中國振弱之機。在於興學。學之有用。終在專門。而日本於我國學生。入普通則收之甚寬。入專門則取之甚嚴。以專門各校皆有定額。中國學生多一名。則日本學生少一名。占之多則亦人情所難堪也。是宜吾政府。與日本政府熟商。爲我國學生。別設專門之額。吾國亦別籌學費以濟之。如是於我國學界。乃有大益。學界有進步。國勢乃有進步。唇齒乃有可依。種族乃能相保。特不知區區之見。當代諸公以爲何如也。歸後吳石生來言曰。科舉已罷。誠中國學界之大幸。予曰然。 朝廷此舉。爲有學務之責者。更加一鞭矣。予熟聞談維新者之言。其責望於 朝廷約有三端。一曰科舉不罷。二曰官制不改。三曰衣冠不變。予謂中國既行維新之政。於此三者。必變無疑。特早遲數年間耳。今科舉毅然罷之矣。盡趨國人入於學堂。下有專學。則上必設專官以待之。而後所用爲其所學也。如是則官制必改無疑。至於衣冠。則軍服已有定制。此外則官場學校工廠。其衣冠不能不變。官場不變。則不便於交通。學校不變。則不便於體操。工廠不變。則不便於作業。如是則衣冠亦必變無疑。中國四萬萬人。若令衣冠皆變。則舊制之衣冠。皆無所用。盡更新制。不惟民情未盡悅從。而財政先已大損。亦失算之尤矣。是宜布一令曰。變衣冠者。取其便也。除軍服官服學服工服四者之外。一切男女。悉仍舊服。即軍人官人學人工人。其燕居出入往來所著衣冠。亦聽其便。如是則毫無滯礙。民情必悅。財政亦不至大虧。日本居本國者。皆著和服。既順人情。亦省財力。其意可仿行也。因聞罷科舉之事。類及之。

十六日。至東京府中學校。晤校長勝浦鞆雄君。爲言中學程度。由高等小學二年級者考驗而入。以五年卒業。又考驗之合格則入高等學校。或入高等工業。高等商業諸校。皆可。亦有試爲判任官者。前後卒業一千四百人。有至博士學士者。有爲軍人者。有爲大學教習者。現在校學生八百人。皆通學。朝鮮四十人。有寄宿舍。又出其與吳摯甫往復書。且曰。吳君東遊叢錄所載。與當時書中有不盡合者。予借其書。歸而覽之。其大旨有數端。一謂中國字太多。宜改用省筆字。以教向不識字之人。此摯甫之言。勝浦以爲然者也。一擬小學六年。其後二年。由省筆字移換。認漢字四五千。此亦摯甫之言。勝浦以爲然者也。一勝浦謂英語五洲通用。中學校學生。宜人人習之也。一謂中學校宜養解歐洲語文之素地。至大學。則直就歐洲各國語文而習之爲便也。予謂此因摯甫欲減去高等學校。直由中學校入大學。故云然耳。今中國定章有高等學校。則養解歐洲語文者。當在高等學校。其中學校但習英語可也。予又念今日之學。多取諸日本。則中學校宜兼習日語。一謂中國宜遣十二三齡之兒童。來日本就學。尤爲有益也。一爲摯甫屬定中學課程表也。予將其書別錄一册。而撮其大旨於此。其校中文學士雛田作樂君。率觀兵式體操。及唱歌音樂。又觀槍械室。又至大講堂。中懸詔書。下有學生戰死者之像。懸詔書者。示尊王之義。繪學生戰死之像者。所以振尙武之精神也。日本尙武。成爲風氣。非但學校提倡之。即遊玩之處。亦往往懸軍人之像。繪戰鬪之圖。蓋隨地有以激發其氣矣。午後與石生和亭曉帆遊臥龍梅。得一絕云。龜戸藤花亦已無。過江來訪樹扶疏。倦來欲倚梅根臥。一夢南陽舊草盧。

十七日。齋藤精輔君約觀標本。並試驗電機諸物。遂留與飲。座中有田內君者。外縣教員也。叩外縣學校教法。則曰與東京異。東京教員與學生。雖不甚親密。而學生無不服其教者。以教育盛行故也。若外縣則教員與學生宜加意親密。若止上講堂爲之講說。

而下講堂後。不相親密。則隔閡多矣。予聞其言。頗覺心動。以吾滇教員學生。正犯不相親密之弊耳。午後二時。至兩國橋觀大遊泳。翊臣石生懷若皆至。赴嘉納氏之約也。嘉納爲會長。先登堂演說。伯貞謂其大意以爲日本海國。當講求水術。使人人習於水而並忘其爲水。乃不愧爲海國人民。於軍事亦大有濟。其遊泳之法。分平體橫體立體三種。而一重伸。二段伸。二重伸。正體及畧體諸式。極有用。水書獻果舞鶴浮玉諸式。極有趣。日本大會。其待來賓。祗具茶果。儉約可風。吾滇每有會事。演戲設席。達旦連宵。而會事又大都無益。可爲痛戒。

十八日。至文部聽田所美治君講學校制度。並延速記生煙崖荒浪坦爲記之。予亦志其畧曰。日本之舊學。由中國傳至朝鮮。由朝鮮傳至日本。至德川時代。有幕府所設之學校。專教貴族士族。一般人民。不得與焉。明治維新。乃就幕府所設東京昌平校。大坂開成校。改爲大學校。四年設文部省。欲教法統一。教員得人也。又改昌平開成爲專門學校。或師範學校。幕府末有荷蘭語學。有醫學。醫學先發達。東京長崎皆設醫學院。後乃有英德法語學。以次推廣。五年派學生赴歐洲留學。其後漸歸。教法乃漸完。十九年改學校令。學校漸多。生徒漸盛。積至今日。學校如林矣。歐洲之教育與宗教混。日本維新。雖進以歐化主義。然教育別爲部分。有獨立之性質。不與宗教混。故進步最速。官立公立學校。不得施宗教之教育儀式。蓋他國宗教學校多衝突。故懸爲厲禁。不得相混。日本先有佛教。此所謂宗教。非但指佛教言。一切天主耶蘇希臘皆統之。明治二十六年。頒各省官制通則。九省之中。有文部省。省有省令。府有府令。縣有縣令。郡有郡令。此外則北海道廳。有廳令。警視廳。有警視廳令。島司有島廳令。皆委任之命令也。凡關於文部省。直轄諸種學校事。及一切教育事。皆直接文部省。此其機關也。各省大臣之下有次官。有局長。有參事官。有秘書官。有書記官。有屬。文部省亦然。文部學關全國教育上事。設三局。分普通專門實業三部。分局長一人。參事三人。書記二人。視學官五人。圖書審察官二人。察圖書合用與否。編修五人。編小學教科書。屬五十五人。技手八十人。文部大臣官房。分五課。曰祕書課。建築課。文圖書課。書課。會計課。視學官五人。察全國學務。二年爲一任。每年至少視察一次。視察之期。臨時酌定。其所視察。在教育行政。乃學校教育之狀況。衛生經濟諸設施。視學官察復文部省。以一月爲限。又文部大臣直接監督者。有高等教育議會。此以上諸項。所謂中央制度也。地方制度。有府縣知事。有府縣令。分其事爲四部。第二部爲教育事。府縣之下有郡。府縣郡俱各有視學官。視察一方之學務。又有島司。有島廳視學。其各視學官中有就高等師範校長者。至地方自治之團體。有府縣會。府縣參事會。郡會。郡參事會。市會。市參事會。町村會。教育議員議會。此其大概也。若夫教育之程度。分初等中等高等。其種類分普通專門實業。以普通一部言。則幼稚園小學校中學校高等女學校是也。以專門一部言。則帝國大學專門學校高等學校是也。以實業言。則農業工業商業各學校。水產學校。商船學校是也。亦有學校不屬文部者。如中央幼年學校。士官學校。陸軍大學校。屬陸軍省管理。海軍大學校。海軍學校。屬海軍省管理。鐵路電報郵便諸學校。屬遞信省管理。至農商務省與學校有直接之事無特別之任。此外有專教貴族之學習院。與華族女學校。亦有平民入其校者。至臺灣學校。亦不屬文部省。專歸台灣總督。爲特別獨立之一部分。此殖民地之法。講畢既出。與曉帆烟崖飯於楓亭。予以煙崖能速記。乃技手也。不知其能詩。煙崖即席贈句云。濕翠當眉百尺臺。座中賓主得追陪。情懷欲賦新知樂。爲和樽前郢曲來。

予因和之云。遠從海上訪瀛臺。幸有東坡二客陪。紅葉亭邊一尊酒。半酣引得好詩來。曉帆亦和之云。紅葉亭高接吹台。玉杯碧露儘叨陪。嫩寒風雨涼秋景。今日星岡竝轡來。予又即景題一絕云。秋柳秋花屋外環、倚欄人正對秋山。偸閒半日渾無事、坐看奔車自往還。烟崖和之云、梯航萬里路回環、此日來登海上山。遊遍瀛洲三島後、滿襟明月抱珠還。曉帆亦和云、蒼翠煙巒碧玉環、憑欄今更憶家山。何時醉倚華亭月。猿鶴秋深共往還。煙崖又謂其社中詩友以森大來槐南爲冠。又誦其寄槐南客申江詩云。客星今過古揚州。六代繁華吊莫愁。月出煙波漁唱遠、吳淞江上釣鱸秋。

十九日至文部聽田所君講小學校沿革。其畧曰、日本初得中國儒學。德川時代。就寺設學。雜佛教。然儒教居多。此維新前之大畧。明治五年。始定教育制度。發布小學學制。十二年。改爲小學校教育令。而五年至十二年中間。又改正學制一次。十二年至十九年中間。又改正教育令一次。十九年乃頒布小學校令。改教育制度。養成教育人員。最爲出力。明治三十三年。復改正小學校令。即今所行者。蓋日本小學制度自維新以來。凡六變矣、小學校由市町村稅設立。國家亦補助之。有全助者。有助四五成者。有助二三成者。歐美亦如是。歐美各國。小學校其爲宗教所設者。法令不易定。亦偶有定者。大半爲市町村所設。中國若行小學教育令。似較各國爲易。以中國政體有風行草偃之勢。故令易行也。日本小學校令。分學校細則及小學規則。大致必德育智育體育三者完全。乃爲國民之教育。日本所注意。在國民教育。德國小學校。即謂之國民學校。故凡科學。俱要與國民之身體道德智識技能有關係。但小學尤汲汲於體育者。以身體不發達。則精神不完固。精神不完固。則學不能完全也。

男女教育。不能不注意其科學。何者當同。何者當異。尤宜注意小學校。分尋常高等二種。亦有合爲一校者。市町村擔任設立者。乃小學本體。是謂公立。小學公立之外。又有私立。有官立。有宮內省立。而以公立者爲主。國民教育及國家所須之令。皆注重市町村。至官立師範學校。附屬之小學校。特爲練習教員而設耳。凡小學校尋常高等者。程度或不足。又設有補習科。令補足之。補習科爲營業者設。由市町村擔任。一以溫習所學。一以增新知識。歐美皆如此。至盲啞學校。幼稚園。皆在小學令中。或補小學之不足。

或爲小學之基礎。尋常小學。則修身國語算術體操。雖只四目。而德育智育體育。俱在其中。此四目爲國民教育萬不可少者。其唱歌音樂手工裁縫圖畫爲隨意科。然亦不可少者。日本現已添設尋常四年。爲義務教育。無論何人皆須入學。高等小學不在義務內。其前四目與尋常同。但添日本歷史地理科圖畫唱歌等科。高等小學卒業期限。有二年有三年四年之別。高等科目隨時增加。三年可加手工農業商業。四年可加英文。爲入中學計。但所加亦因地制宜。商務盛處加商業。交涉之處加英文。尋常卒業。不能入中學。以高等爲豫備普通智識。入中學之地。小學校之內容教育令第二條至十五條已備。其曰孝弟親愛。勤儉恭敬。信實義勇。從尋常小學實踐起。方能養成國民教育。有忠君愛國之公德。若中國讀四書五經。而不能實行。雖萬卷何益。故實行最宜注意。女子高等重服從義務。亦從此數者加意而已。歐美無修身一科。以宗教爲主。殊不相宜。日本以修身爲主。不雜宗教。故日本國民道德心愛國心。較他國爲獨厚。荷蘭國。德國。皆無修身科。皆以宗教爲主。日本以明治二十三年十月勅語。爲修身科之目的。所以養成德道心愛國心。至每星期課程二三十鐘點。太多則妨害體育。太少則妨害智育。此中頗費斟酌。乃定小學校自六齡至十四齡。凡八年。謂之學齡。當盡修學義務。以尋常四年之義務。若有疾病躭擱。則以八年中補足義務乃可。日本小學令四年國民教育。雖傭工小使。亦不得免。不學者惟主人是問。惟瘋癲白痴在免除之列。赤貧者亦可在免除之列。然必經許可。惟國民教育關係甚重。故市町村不得不立小學校。私立小學。非市長町長村長認可不得立。歐洲富家大族。有在家立業者。美國則不然。大統領之女子。亦入小學校。日本與美國同。無在家立學者。未滿六歲。不准入小學。著爲令。恐傷體育也。四年國民教育。日本行之。歐美或六年七年八年十年。日本現亦擬行六年國民教育。雖尚未著爲令。而小學生至高等二年乃退校者。爲不少也。統計日本一百學齡兒童。入小學者在九十五人以上。英國亦九十餘人。德國至九十九人。爲最多。其設置小學之責。不在國家。不在府縣。而責之市町村。町村之尤小者。力不能獨立小學校。可組織數町村而成一小學校。其校位置及其數之多寡。在市者。府縣知事依市長之意見定之。在町村者。郡長依町村及學校組合之意見定之。其有危險不妥當者。由市長郡長飭令改造。尋常小學某處應設若干。有一定之數。少則不許。幼稚園。

盲啞學校。高等小學。不在義務之內。多寡量力設置。東京分十五區。其町村亦各量地設立。又有代用私立小學。以小學宜町村公立。而此則因財政困難。及他特別情事。不能足其所應設之數。則以私立者代公立者。以足其應立之數。故曰代用私立小學。但在市者。必經府知事認可。在町村者。必經郡長認可。其監督小學之權。在市中有知事。在町村有郡長。皆學校之機關。監督之事。在教育管理衛生上留意。其市町村之費用。除國庫補助之外。悉由市町村自出。若有不敷。町村則郡補助之。市則府縣補助之。凡尋常小學。爲義務教育。不收授業料爲本旨。其有收授業料者。必因初辦百費支絀。或地方財務十分困難之故。經知事認可。乃行。小學校之校地。宜不妨德育。不妨衛生。校舍宜堅樸。合於教授管理衛生之法。校具及體操場。皆宜適用。地寬可設教員住宅。地窄則不設亦可。其校舍改革。須知事認可。乃行。小學教科書。由文部省編纂。或檢定現編纂通行者。有修身國語歷史地理四種。惟文部編纂無幾。故聽學者著作。而經文部鑒定。文部近設審察員。因學者所編教科書。頗有競爭。甚至賂教師以圖銷售。故文部設審察員。並自爲編纂。以期通行一律。而印售仍歸坊肆。最宜注意者。紙之光線。字之大小宜便於兒童。勿傷其目力為佳。小學校有正教員准教員之別。正教員任全學教事。准教員乃其助手。而正教員又分本科專科二種。本科任全學教授。專科如體操音樂裁縫之類。教員有免許狀者。乃能當教員。免許狀授自文部。或授自府縣。授自文部者。可行於全國。授自府縣者。但行於其府縣。其教法不善。或與他事故者。有停止。有追奪。若教員不足。則代用教員。無免許狀者亦有之。然必由市町村認可。乃行。府縣知事有監督教員之責。小學校長得懲戒兒童。但不許加體罰。小學校用漢文只一千二百字。餘用假名。所有漢字。皆入中學校再授。其幼稚園以三歲至六歲為入園之年。其目的使身心發達。不染惡習慣。其課目四。遊戲唱歌談話手技是也。幼稚園盲啞學校高等小學校無定制。隨時隨地可設。此以上乃小學校之大畧。

二十日至文部。聽田所君講中學校之制。其畧曰。日本中學校立自明治卅四年。制定中學校教則大綱。以高等普通教育造中等之國民。分初等中學科及高等中學科二種。初等限四年。高等限二年。後數年復併為中學科。十九年復更為尋常中學校。高等中學校。尋常中學校限五年。高等中學校限三年。而高等中學校以豫備大學為主旨。

二十七年。制定高等學校令。高等中學校。變而爲高等學校。全然脫普通教育之範圍。而授專門學科。與大學豫科。尋常中學校。遂亦單稱爲中學校。三十三年。頒發中學校令。三十四年。改定施行規則。即今所行者也。中學校有困難問題。以其組織及其學科。與程度期限。必如何乃爲適宜。雖以歐美各國。至今猶未解決也。市町村必設小學。府縣必設中學。府縣設中學。至少須有一校。多則不拘。文部大臣嘗教育。最注意府縣中學校。自小學發達。中學校亦漸多。全國幾三百校。中學費用。由府縣擔負。市町村及郡長能設中學者。亦聽。私人能設中學者亦聽。若人多一校不能容。可設分校。其官立者只有高等師範之附屬中學校。而目的仍在師範。中學校修業五年。若程度不足。再入補習科一年。每校生徒多則六百人。少四百人。再少須三百人。每班五十人。必五十人一班者。爲省費也。四十三年。最好少者不得下二十五人。其入學資格。限十二歲。高等小學二年級者入之。現在頗不易入。以中學校少。而高等小學卒業者多。故必加考驗。擇尤而後入。至校地。仍以道德管理衛生相宜爲主。寄宿舍設亦可。不設亦可。英法多寄宿。德國有寄宿。有不寄宿。然德國雖不寄宿。而管中學極嚴。至其大學則自由矣。中學教科書由文部鑒定外。府縣須知事認可。亦有新出書極好。不經文部鑒定。而准其先用者。爲一時許可。要之中學書與小學異。第由民間呈驗許可者便用之。其教員非有文部省免許狀。不得承充。其免許狀必試驗。乃給中學校取授業料。與小學不同。小學係國民教育。中學則自求學問也。科目則修身國語及漢文外國語歷史地理數學博物物理及化學法制及經濟圖畫唱歌體操共十二科。法語德語英語隨學一門。中學生徒卒業者。只服陸軍現役一年。中學卒業。可爲陸軍士官候補生。可爲文判任官。可入專門學校。此乃中學校之大畧也。又講高等女學校。其畧曰女子教育。古亦有之。特未發達耳。明治維新。乃漸發達。亦不及男子之盛。程度較低故也。中國女學亦不及男子。亦不可不加意者。日本女學雖盛。然一學齡百兒童中。男有九十五六人入學。女只七十人入學。東京如此。外府縣尤遜。有謂女學不必與男學竝重者。其實當竝重。明治二十八年。改女子中學爲高等學。須高等女學教育令。教育費由府縣擔任。各市町村小學多處。必令設高等女學校。皆公立者也。又有個人私立者。其官立者惟女子高等師範學校附屬之高等女學校。宮內省之華族女學校。修業有三年四年五年之別。又有設二年之補習科者，入學年齡與男子中學校同。其目的在使之有高等普通智識，成中等社會之女子。又設技藝專科，乃隨意科，不相强也。補習科人人所同，專攻科聽人自擇。其教授科目，則修身、國語、外國語、歷史、地理、數學、理科、圖畫、家事、裁縫、音樂、體操、教育、手藝，共十三科。外國科爲隨意科。日本從前女子亦輭弱不出門，自入學校習體操，其身乃漸强。女子之强，不僅關係一身，國民强弱亦由於此，中國亦宜加意焉。高等女學校生徒以四百人爲定，多至六百人，再多則不易管理。明治三十二年始定四百人之令。一學級約五十人。其學級編制程度以男子中學爲標準。教科書由文部檢定，教員由文部試驗，亦有不經試驗者，只得爲准教員。高等女學校皆有授業料，其極窮者特別減免。日本自尋常小學以上諸學校，雖無不收授業料，然官立公立者所收尤少，私立者稍多。至女學校程度不及者，只稱女學校，不得稱爲高等。此乃高等女學校之大畧也。

二十一日。七鐘。至高等師範學校之附屬小學校。晤棚橋源太郎。高等師範教授也。謂辦理學校，只宜就已有之程度，逐漸改良，逐漸增高，自有進步。若程度不足，而躐等以求之。則欲速不達矣。予深佩其言。十鐘至文部聽田所君講師範學校。其畧曰。師範學校。最關緊要。明治五年。惟東京設之。六年大坂及宮城設之。七年愛知廣島長崎新潟等縣設之。又於東京添女子師範部。八年又設中學校師範部。皆官立。明治十一年。改官立爲府縣設立。惟存東京師範學校及東京女子師範學校。仍爲官立。餘歸府縣擔任。政府惟歲給補助金若干。或由政府頒發理化器具。其教法亦由文部定奪。明治十四年。定師範教則大綱。十六年定府縣立師範學校通則。十九年頒師範學校令。三十年頒師範教育令。即今所行者也。師範講習所。教員養成所。到處有之。所以補師範學校之不足也。高等師範卒業。爲中學教員。尋常師範卒業。爲小學教員。須以順良信愛威重數端。養成德性。若無此德性。則不足爲師範。尋常師範課程。與中學校同。但增教育法一科。男子三年。女子四年。各府縣均宜設師範學校。又有簡易預備等科。小學校教員講習科。幼稚園保姆講習科。簡易科。即速成師範之意。專爲尋常小學而設者。豫備科謂程度不足。入此科補習之。簡易科修業限二年零四箇月。師範學校生徒兩年。至三年級者。得爲之。亦制令所許者。初有募集生徒之法。因人數不足。乃行此法。然頗不易辦。至師範生身體要强健。品行要方正。每一班不得過四十人。其年齡男十六至二十。女十五至二十。入學試驗極嚴。既入學四月。由教員檢查合格乃留學。其費用各府縣擔任。學生不自出費。卒業盡義務。男十年。女五年。有一定之期限。男前五年女前二年。盡義務之地。由府知事指定。後乃聽便。若十年義務內。有就擱不能盡者。須賠學費。此指官費者言。若自費則盡義務男五年女二年。師範學校。必有附屬之小學校。以資練習。奥國師範學校係國立。男女皆三年。預備二年。法國由學校立。與日本同。英國前二年。先到小學校練習。後乃入學。此不甚當。日本則先入學。後乃到小學校練習。奥國亦然。此師範學校之大畧也。又講高等師範學校。其畧曰。高等師範學校。造中學教員。明治五年。就德川時代昌平校創設師範學校。八年設中學師範科。十九年始稱高等師範學校。分設四部。國語漢文部。英語部。歷史地理部。數理化學及博物學部。本科三年。預科一年。研究科一年。男女高等師範。爲文部省直轄學校。定員五百名。有專修科。選科。卒業有義務。教育官費者五年。半自費者三年。盡義務之地。由文部省指定。女子高等師範。分文科。理科。技藝科。修學四年。附高等女學校。幼稚園。以資練習。有專修科研究科。女子官費。盡義務五年半。不盡者須賠官費。其自費者。盡義務三年。高等師範附中學小學以資練習。女子高等師範亦然。高等師範附屬之小學校。分三部。最爲完備。其本校有規則。可以參考。又有臨時教員養成所。明治三十五年設。補師範本科教員之不足。教員百人中。常不足二三十人。皆取備於此。修業二年。課目則國語英語圖畫理化算學。分五科學習。此又高等師範學校之大畧也。午後與伯貞至早稻田大學。晤舍監高田早苗君。並遊觀各講室。每講室俱容百餘人。學生七千餘人。每日早午晚。分班輪授。其圖書館藏書七萬餘卷。夜與伯貞培初觀活動大寫眞。此較油畫院尤奇。山川草木宮室橋梁道路軍人之戰鬪車馬之馳驅水火之噴薄士女之舞蹈。明如離珠。亦幾莫辨其眞僞也。不識光學。鮮不訝其怪者。

二十二日。至文部聽田所君講高等學校。初爲高等中學校。明治二十七年。頒高等學校令。改普通爲專門。其學科分三部。皆爲入大學之預備。此外又有高等醫學校工學校法學校之屬。是爲高等專門學校。他國無高等學校。中學五年卒業入大學。日本加高等豫備三年。故大學程度尤較高。每年由中學校申送者五六千人中。試驗及第入學者不過千餘人。現擬多增實業學校。以遂各學生之希望。高等學校三部。第一部法科大學。文科大學。志望者入之。第二部醫科大學之藥學科。工科大學。理科大學。理工科大學。農科大學。志望者入之。第三部專爲醫科大學志望者入之。章程甚繁。最要者外國語。須學兩國語。每星期英語九鐘。德語或法語亦九鐘。法科醫科尤重德語。每星期三十餘鐘。以十八鐘習外國語。甚重之也。外國語最關緊要。日本學外國語力量甚厚。教法及教科書甚良。學士博士。鮮不通三國語文者。日本每年常有百餘人赴歐洲留學。歸爲大學專門教習。此高等專門學校之大畧也。又講大學。他國大學程度不一。美國法國程度皆有高低。惟德國程度較高。與日本同。因程度不一。則亦難定何者爲大學。何者非大學矣。日本帝國大學有二目的。一造各專門教習。及應世之才。一專研究學問。其分科有六。法科。醫科。工科。文科。理科。農科。東京則然。西京大學只有法科理工科醫科。不及東京之完備。福岡有第二醫科大學。帝國大學有總長。東京西京皆統之。關大學事。以總長爲議長。各科教授互選各一人爲評議員。構成評議會。關一科學事。由教員會議。六科各有科長。有教授。有助教授。有講師。帝國大學有名譽教習。不主講。又有講座配置各科學分科年限不同。法醫皆四年。餘三年。高等學校卒業。可入各分科。初入大學亦有募集生徒之例。近來高等卒業者漸多。十五人中只取十人。而募集之例已停。又有大學院。有選科。有講習科。分科卒業。入大學院者。由教授認可。以四年研究。期於深造。入選科。則不必認可。講習科則實地驗習。分科則卒業得本科學生證據。大學院卒業爲博士。有學位。學士則無學位。得博士學位者。其途有三。一由大學院。一由文部試論文。一由博士會投票。又有在帝國大學敎習者。由總長達文部授以學位。此亦一法。分科雖限四年。然必須考驗四次。若四年中考驗不及四次者。不得卒業。若三年中考驗已及四次者。亦得卒業。是以考驗爲重矣。他國大學分神學哲學法學文學爲四科。日本無神學。以程度言。日本大學程度。較他國爲高。帝國大學卒業。爲文官免試驗。爲辯護士免試驗。醫科亦然。此帝國大學之特權也。又講專門學校。以有高等普通智識者入焉。故由中學校高等女學校卒業。乃得入專門學校。修業四五年。少亦三年。有公立私立二項。有本科別科專攻科。音樂美術。亦係專門。本須中學高等女學五年卒業。乃可入。有性質甚美。與之相近者。即三年未卒業。亦許入學。官立專門。

有外國語。音樂。美術。醫學。等校。外國語專門學校。有八國語在內。其課程尚有卅科。美術專門學校。分繪畫。圖按。彫刻。建築。美術工藝。五科。此專門學校之大畧也。午後與翊臣石生曉帆參觀高等工業學校。其課程有染織窯業化學機械電氣圖按建築等科。每科亦有分數門者。人習一門。非十餘人不能。各科皆備。吾滇學生願習工業者甚少。今擬就留學生中酌定十餘人。將來普通卒業。入此學校。分習各工。此乃富國之基礎。人知富國在商。亦須知工爲商之本。無工則商無所運。欲富何由。滇之工業。窳敗極矣。諸生關懷桑梓。當有同志也。昨日直隸嚴範生同年之子名智怡者來謁。問其所學。則在高等工業學校。其昆弟夫婦俱到東留學。範生爲人篤實嗜學。根柢甚深。曾兩至日本。乃遣子媳皆來學。又以一子習工業。其重實業之意可想見矣。聞範生督辦直隸學務處。甚有條理。尤令予嚮往之云。

二十三日。至文部聽田所君講實業教育。其畧曰。維新以來。講求實業。官立學校不少。如明治九年。立札幌農學校。亦其一也。從前中學校有實業科。爲農工商地。後乃廢而政府注重實業。文部省亦設實業一部。在普通專門之外。初實業學校。有歸農商務省管理者。今概歸文部。故添設實業學務局。至中小學校。有手工等科。亦注重實業。養成兒童工藝思想之意。中國情形。吾未盡知。若日本維新以前。專重儒學。鄙農工商而不屑爲。全國人民。皆同此觀念。維新後。乃變其觀念。崇尙實業。明治三十二年。乃頒農工商學校令。實業程度。最高以中學卒業所入之學校當之。實業學校。隨意設立。亦有必應設者。由文部指定。令府縣市町村組織之。或由商業會設。或個人自設。均可。其教科書由校長認可。乃用其校令。以工業農業商業爲大宗。工業課程三年或四年。其科目則修身讀書作文數學物理化學圖書體操。並關於實業者。皆令實習。本科目之外。地理。歷史。博物。外國語。經濟法規簿記。及其他科學。得便宜加設。其入學年十四以上高等小學卒業者。乃爲合格。又有別科。有簡易科。有研究科。有徒弟學校。徒弟學校專習手工。修業年限六月以上。至四年以下。年齡十二歲以上。尋常小學卒業者。乃爲合格。其手工在假期內學習。工業學校中可附徒弟學校。女子亦有徒弟學校。學刺繡織布。農業學校。分二種。有甲有乙。甲種修業三年或四年。十四歲以上。高等小學卒業者入之。乙種修業三年以內。十二歲以上。尋常小學卒業者入之。甲種有選科。有專修科。有補習科。其中種科目。則修身讀書習字作文數學理科體操。並關於實業者。酌量增加至蠶業森林獸醫。皆在農學校中。商業學校。亦分甲乙二種。分科年限。與農業同。高等小學卒業者入之。外國語最要。乙種科目。較甲種爲簡。商船學校。亦甲乙二種。有航海科機關科。又有豫科專修科。又有實業補習學校。或附設於實業學校。或附設於尋常及高等小學校。惟須以不妨小學校之敎授爲限。明治二十五年。文部省頒有規則。此校最要。小學校有補習科。此則更添實業。其校之設及課程無一定。如宜於工業地方。則圖書模型幾何物理化學重學工藝意匠手工之類。宜於商業地方。則商業書信商業算術。商業地理簿記。以及關於商業之習慣。及法令之大要。商業經濟。外國語之類。宜於農業地方則農業大意。耕耘害蟲肥料土壤排水灌漑農具樹藝家畜蠶養森林農業簿記丈量之類。視其地而爲之。入學資格。以尋常小學卒業者爲合。實業雖非義務敎育。然推廣亦日見其多。中國設小學校後即應設補習科。實業亦應設補習學校。否則學生之營他業者。前之所學。盡皆忘失矣。中學校國家不任費。實業則每年政府出三十餘萬以助之。所以獎勵之也。公立則工商業學校爲多。政府保護公立者。私立則不與焉。國家補助費。須從五年前計算。又有實業教員養成所。亦由國庫歲支三萬圓辦理。其教法與實業教法同。實業教員。取於各學校專科盡義務者。帝國大學農科。有教員養成所。一以備實業教員。一爲研究學問。其費出自文部省。受三年費者盡義務四年。受二年費者。盡義務三年。歐美各國。尤勸實業。白日從事某職。夜則入學習之。日本近亦注意於夜間補習。然辦者尙少。其他則圖書館。博物館。商品陳列所。最爲緊要。所以補教育不及。歐美各國。以數千萬圓經營之。日本尙未能。然已注意於此。西洋公德。較東洋爲厚。有舉家中所有。公諸國人者。予在文部聽至是而止。凡六日。每日僅二小時。爲時甚促。田所君爲之提其綱要。伯貞曉帆口譯之。予手書之。然手書較口譯者尤畧。載諸日記以紀所聞者如此。別有速記生所記。當較詳。另爲一冊。田所君贈文部省第三十一年報一卷。予又購教育法規類抄二卷。至參觀各校所得規則若干卷。悉持歸存學務處以備參考。則所講者乃其大綱。而各校序目。亦可按籍而求矣。是夜念田所君講日本學校。不雜宗教。及各學校皆注重修身處。反復言之。尤三致意焉。心佩其言。述爲七古一篇。以贈田所先生。生榑桑降精應帶奎璧光。幾年坐臥圖史旁。

貰舟迺上中書堂。我從中土西南方。陸行駕車水駕航。渡東海見神山蒼。知是日出之帝鄉。中有文部領膠庠。恢恢巨綱提其綱。欲往過之無津梁。誰先容者緊長岡。長岡高義雲頡頏。先生意氣尤激昂。連朝講學宣中藏。曰我道自儒術昌。越朝鮮入太平洋。遂令兩國同文章。自從西極開天荒。歐風美雨齊飛揚。人物進化理則常。天欲不變難主張。圖新舍舊固不妨。就中亦有宜保障。異教如追岐路羊。何若孔孟馳康莊。百科之學枝葉芳。修身兩字根中央。身可爲表可爲坊。那復愛國無剛腸。先生遍遊歐美疆。寶山照曜騰歸裝。出而投贈傾厥囊。萬言示我皆周行。此數語者尤不忘。藥石無愧萬金良。我將持歸意轉長。邂逅且復吟偕藏。別後萬里遙相望。何年涉湊來褰裳。

二十四日。至女子高等師範學校。其庶務掛富岡龜門率而觀之。其學校目的。以養成女子師範學校高等女學校。及師範學校女子部之教員爲主。並研究普通教育。及幼兒保育之方法。其學科分文科。理科。技藝科。其修業以四年爲限。有附屬小學校。分爲三部。第一部爲上等社會之兒童。可望升中學高等學大學。以期深造者入焉。第二部爲中等社會之兒童。不能必其持久深造者入焉。第三部爲下等社會之兒童。僅能就强迫教育者入焉。故第一部第二部皆有尋常科。高等科。第三部。只有尋常科。此其不同也。日本教育界中人。談及附屬小學校。皆以此校分三部者爲最善。實他校所不及。又有附屬幼稚園。凡附屬之小學校。幼稚園。皆以資女子師範生之實地練習也。是日觀其實地練習。則女師範生登臺講授。本教習坐臺下而觀之。又別有女師範生立而參觀者。至第四年級。必如此練習。果能純熟。乃給卒業証書。又經文部省試驗。乃與免許狀。准其充教師盡義務。又觀其體操。甚爲嚴整。在講室則大袖長裾。至操場着操衣。長僅過膝。圓領束帶窄袖。便於運動。其女教習爲井口氏。曾留學歐洲。故國語體操。爲日本女教師之冠云。

二十五日。至東京府教育會。其目的以改良進步爲主。其會規分爲五章。一總則。二事業。三役員。四議員會。五會計。有附屬教員傳習所。以養成小學校之本科教員及專科教員爲目的。修業則豫科六月。本科一年。或加研究科一年。卒業試驗。乃給証書。又設女子體育部。部長即井口氏。考其趣旨。謂女子體力强弱。關國民元氣。國力消長者頗大。體育方法。雖種種不一。要使發育筋骨。鍛鍊軀體。以勤勉當事。養成良習耳。是日晤會長子爵岡部長職。其導而觀者則幹事長日下部三之介君也。晚至宏文學院。訪嘉納氏。議聘敎習事。

二十六日。至實踐女學校。女子工藝學校。校長爲下田歌子。未在校。其副校長導而觀之。至裁縫室。刺繡室。圖書室。割烹室等處。中有吾國女學生二十餘人。未及見。蓋是日休假。未上講堂云。晚至宏文學院。聽筧克彥君講國家學。有義蘊。有條理。眞講師中之巨擘也。予未持鉛筆。莫由自記。竊以爲憾。賴有速記生記之。他日譯出。尙當詳玩之。

二十七日。至共立女子職業學校。其課程分術科學科。術科則裁縫編物刺繡造花圖畫是也。學科則修身國語。算術。家事。理科。體操。是也。三年畢業。予尤善其規則中有戒女子裝飾一條。大致謂近來女子。服裝漸漸華奢。爭新競美。少年女子。綺羅長袖。有妨活潑之動作。本校創設以來。深有着意。不但學問技術。望其進步發達。即衣服亦務着實。入校生徒。宜體此旨。勿爲虛飾。今定衣服標準。以資父兄諸彥之參考。其他頭飾及附屬品。皆主於節約。望協力涵養女子之美風。平常用服。或木綿類。或毛織類。或㡢布類。式日用服。或絹布類。或綢太織類。以是爲準。日本衣料。皆能自織。尙力求儉約。以奢華爲戒。吾滇皆不能自織。近復習奢。可憂甚矣。此亦父兄諸彥所當參考。晚至長岡子爵處議聘教習事。已有定局。

二十八日。至學習院。院爲華族男子教育而設。局面開展。惟房屋因地震而圮。尚有未修復者。遊觀講室數處。因早課將畢。未能遍觀也。午後與伯貞及池田太郎江部淳夫兩君。至三省堂看標本儀器。至暮。赴宏文學院。聽穗積八束君講法律學。

二十九日。同文會幹事柏原文太郎。來議定池田江部兩君願應雲南講師之聘。長岡子爵之薦也。又昨與曉颿訪懷若論學校事。懷若謂注重師範。誠不謬矣。然只得見半邊。予叩其故。懷若謂政教相輔亦相成。政不改良。教亦有礙。宜聘法政教習二人。開學堂。官紳並授。乃大有益。予因念前日田所君爲予講學畢。亦進之曰。教育行政。缺一不可。君留意教育。亦宜留意行政。予初疑吾輩既去官居鄉。身與學務教育吾責也。行政何與焉。及又聞懷若言。乃大悵悟。知政教相輔而成。即田所君缺一不可之說也。乃電滇。請聘法政教習二人。或曰。　朝廷驟有立憲之意矣。此亦不可不預備。

九月初一日。觀女子大學校。乃私立者。官立至女子高等學校。女子高等師範學校止。

此大學校。亦有附屬之小學校。幼稚園方鳩工庇材。經營未有艾也。距市較遠。占地甚寬。其校中人云。初有美國人欲得此地。日人不欲與。乃建校於此以杜絕之。今校中目的。以事事皆務實習爲主。出一圖相示。則所擬議布置。先繪其梗槩者。有田園以蒔禾稼蔬果之屬。有池有島以像海中羣島之狀。有舟以像航海之術。欲使學生於足所未到處。皆若目擊焉。較按圖講說者。尤爲切實。然以予觀之。田園樹藝。猶農科之試驗場也。池島舟航。雖以實地爲之。亦與軍用模型。削木摶土而爲之者。無以異也。第其意在務實。欲與他校爭勝。亦有足嘉者。又注重體操。多取西洋新式而演習之。亦有爭勝他校之意。其將來成績。當有可觀者矣。予嘗謂古人處事。有以知足知止爲主義者。今日之學。則當反之。以不知足不知止爲主義。庶可改良進步。日本學校成效昭然。猶日夜苦思力索以求爭勝。則吾國之興學伊始。成效未著者。又當何如耶。

初二日上崑師書。言事頗拉雜。至十五紙。其中有欲聘農學士之精於林業者。至滇開學堂講森林之學一節。尤爲注意。吾滇一望童山。近年土木盛興。梁棟之材尤鮮。自玆以往。力行新政。學堂非木不辦。工廠非木不辦。鐵路非木不辦。電杆非木不辦。眼前已大窘。再不講求林學。數十年後。起色更不堪問矣。大府行文各屬。責令樹木亦屢矣。而未有效者。以無人講森林之學。而又無督勵保護之法故也。又忽忽二十餘日。未寫家書。念老母倚閭之望。殆難爲情。夜肅一稟。以報平安。

初三日。與所聘教習訂合同。其畧云。淸國雲南高等學堂。託學務視查員陳榮昌。留學生監督錢鴻逵。聘定日本國東京帝國大學出身江部淳夫氏爲講師。所有應約各條。訂合同如左。第一條。學堂待遇講師。與堂內各教員一律。講師對於學堂。宜誠實盡職。受總理之節制。凡一切事項。非經總理直接允許者。概不承認。第二條。講師專爲本學堂延聘。不得兼營他業。及充當他處教員。亦不得於教育而外。干預地方一切事務。第三條。講師所擔任科目。以教育心理倫理歷史地理爲主。其他關於教育各學科。如音樂體操圖畫法制經濟之類。得由總理指定一二科。商請教授。第四條。講師教授時間。每星期以三十小時爲率。第五條。講師講義。由學生筆記者。經講師校閱後。得由學堂刋爲教科書。其版權歸屬學堂。第六條。講師束修。按月由學堂致送中國龍圓貳百伍拾元。以到雲南之日起支。第七條。講師須在學堂內居住。其住室燈油茶炭。均由學堂供給。此外如火食及一切雜費。概由自給。如講師攜帶家眷。其住宅飲食等費。均由自辦。
第八條。伺候講師僕役一名。或由講師自僱。或由學堂代僱。飲食皆由學堂供給。其工
食照各教員例。概由自給。第九條。講師因履行此合同而往雲南及完結此合同而歸
日本。所有川資。計共二次。每次由學堂致送中國龍圓參百元。此外講師休暇時旅行
各費。均歸自給。惟學堂指定修學旅行。不在此限。第十條。休業日期。除照章程規定外。
平時無故。不得缺課。但遇疾病時。可通知總理臨時休講。其日本之天長節。紀元節。及
陽歷元日。除日可特休假一日。第十一條。講師疾病在一個月以內。照送束修。課程後
補。一個月以上。仍未痊愈。必須由講師請人代理。其代理人應豫通知總理認定。無代
理人。扣送束修。倘繼續至三個月以上。或解約或不解約。由總理與講師臨時商定。如
或解約。酌送川資。以不踰第九條定額爲限。第十二條。講師疾病醫藥等費。概由自給。
萬一因病不諱。合同效力。即爲消滅。致送束修。即以合同無效之日爲止。另加送二個
月束修。以示優待。第十三條。講師於合同期內。總理認爲不得已解約時。致送束修。以
講師承諾之日爲止。倘講師自不得已解約。致送束修。以總理承認之日爲止。酌送川

資。以不踰第九條定額爲限。第十四條。合同効力。以講師到着學堂之日起。滿中歷兩個年爲期限。逾限即無効力。合同期限已滿雙方願意續訂者。於限滿之前一個月。再爲協議。右合同四分。一存學堂。一存講師。一存雲南留學生監督。一存紹介人。如有紛議。得以此合同爲憑。末則書講師江部淳夫保証人子爵長岡護美。聘定人陳榮昌錢鴻逵。各用小印於名下。又聘定日本札幌農學校出身池田太郎氏爲講師。所擔任科目。以生理動物植物礦物爲主。其餘各條。與江部氏合同無異。此合同係仿照湖南范靜生送來底稿參酌之者。姑錄之以存梗槩。

初四日至三輪田高等女學校晤教頭文學士三輪田元道君。據云設立者校長三輪田眞佐子也。以一婦人能傾私財組織一學校。則下田歌子與眞佐子爲最著。此校地一千坪。價二萬五千圓。校舍二萬元。校具一萬元。生徒六百人。職員二十一人。予觀眞佐子設立趣意書大致有三端。一謂世界各國重女子教育。故欲女子文明進化。占國際上優者之位置。但智育體育尚易。而德育至難。又當因其國之制度人情風俗習慣而留意焉。以養成女子幽閑貞靜節儉整齊之德操。此其樞要也。一欲以校風之感化。

養成良妻賢母。完全之人格。一欲有志諸彥。同情贊助。永遠保持本校之特色。又至一講室。則眞佐子方爲生徒講修身之學。令人敬歎。

初五日至華族女學校。觀其體操。似不甚嫻熟整齊。初級生也。其大講堂有門台。講師座乃在台下。問之則云此校行開校及卒業式。皇后臨焉。則坐於台上。若看體操。則設棚於操場。又此校雖爲華族而設。民間女子。亦有入而肄業者。歸過學習院。適逢演兵式體操。遂立而觀之。其生徒皆貴家子。進退左右行列聚散。受教習指揮。與軍士等。此第四五年級生也。其未至四年級者。皆習器械體操。輕利便捷。如猿猱焉。午後至鮫橋小學校。爲貧民而設也。分早午兩班。即所謂半日學校者。其費出自東京市役所。市中有貧民學校五。此其一耳。校長中山榮太郎導而觀之。中山君甚懇摯。爲論校中事甚詳。又出相片數紙。則教習爲學生剃頭。或督學生洗澡。或爲學生檢病之時所留影也。中山君曰。此輩雖貧。亦國民也。不收而教育之。上無以對國家。下無以對人民。故明治二十六年。乃設此五校。此五校者。較他校辦理爲難。每校生徒二百六十人。教習只數人耳。又兼管理。甚爲勞苦。雖校長亦爲學生梳剃。蓋非視若親子弟。不易使之樂從也。

然赤貧。亦往往不能卒業。即出而謀生。但入學二三年。終較不學爲愈。予觀日本小學生皆有制服。此校則服色不一。力不能辦故耳。然適遇其教唱歌音樂。聞絃誦之聲。人愉快之意。與悲憫之心相併而來。與往日遊觀他校見小學生衣履整齊。但覺可愛者。心境爲之一變矣。

初六日。致李厚安書。拉雜尤長。其中注意者數端。一欲吾滇設立學務處也。一欲延教習開法政學堂也。一欲高等學堂分師範與普通爲二部也。一欲延農學教習專意於林業也。前日上崑師書。已言之。茲欲厚安贊成之耳。午前九時至宏文學院。託嘉納氏聘理化教習。因晤井井先生。井井先生者。竹添進一郎。名光鴻。字漸卿。嘉納氏之婦翁也。年六十四。自言二十年前。遊中國。曾至蜀。有棧雲峽雨日記。又往來北京天津間。與吾國名流相結契。出所著左氏會箋見贈。則俞曲園前輩爲之序。蓋日本之深於漢學者。遂與筆談。予因問先生之外講漢學者尚有何人。先生謂重野安繹與三島毅兩人皆老儒。今尚存。重野近罹病。三島則爲東宮侍講。問森大來詩何如。曰。學李長吉。專以詩爲業。經史非其學也。然年尚壯。猶有望。予曰。貴國維新以來。後輩中亦研究經學否。儆國今興學。

有謂經書多奧義。且卷帙繁重。宜入大學研究。不宜列之小學科目中者。先生以爲何如。先生曰。敝國學政。更革之後。所謂普通學者。政府獎勵之。寒鄉僻邑。皆知嚮學。至於經學。則有識之人。從事於此。而帝國大學文科中。亦設經學一項。但學期僅三年。故卒業之後。在大學院始專心研究。是今日之現狀也。惟不能自童兒時從事於此。故稍憾力不足耳。今大學之漢文學士。僅所識猶有四五輩。其他不入官立學校。而受經於家庭者。亦不尠其人也。又曰。經學不宜入小學科目中之論。固有一理。何則。攻之不專。故不能精。且他科切要者多。亦有力不足之憂。不得不省略也。然至他日。其弊有甚焉者。僕則竊謂小學科目中。論語一部。置諸科目第一。每日一回講解之。以素養兒童之德性。則卒業之後。知輕薄貪冒之可惡。而禮義廉恥之不可須臾離矣。井井先生之言如此。與田所先生崇尚孔孟。不雜外國宗教。及學科當注意修身之說。皆可謂知本者。夫今世科學所謂普通者十數門。皆經五洲各國教育家審定。切於日用者。日本之學。初與中國同。及見世界競爭。繫國存亡。不得不講國民教育。使有普通智識。又以儒學爲最正。不雜宗教。崇尚孔孟之教。以修身爲本。故扼重修身。此所謂得其精華者。人人知修身。孔孟之道不墜矣。此與夫徒誦其言而不責諸行者。孰爲孔孟所許。孰爲孔孟所不許。有識者必能辨之。吾意經書繁重。經義湛深。置之小學不宜。置之中學亦不宜。徒耗其歲月。使人生今世應需之智識技能反延誤而不能完全發達。豈危急存亡之秋所宜爾乎。諸葛亮以申韓教後主。所謂識時務者爲俊傑也。今不急求普通智識。並施國民教育。而以讀經誤其歲月。宜外人羣起而笑其愚矣。故羣經之學。宜入大學後分科研究。中小學皆不宜也。第剌取羣經中之關於修身切於今日時勢者。彙爲一册。爲講說之以責其實行。斯可矣。外國百人中有普通智識者在九十人以外。亦以科學之淺者易於講明。雖童子習之不以爲苦。中國百人中識字者不及二十人。亦爲童蒙教之讀經。講且不解。況復不講。四五年不能作數行之書。豈惟童子無樂趣。即父兄亦嫌其無效而無可如何。今欲施國民教育而以讀經間之。即仿日本四年强迫教育。而普通智識與外國人較之。曾不及其二三年之效。優者勝。劣者敗。此亦中國之敗徵也。以興學而得敗徵。將焉取之。故吾謂施國民教育。斷斷不宜置讀經於小學科目中矣。若大學置專科而研究之。吾安敢謂其不然耶。中國積習已久。遽言小學不宜讀經。必羣起而攻之。吾豈不畏人言者。然以畏人言之故。而使吾國人民。求普通智識。四五年不及外國二三年之效。以常處於劣敗之數。終蹈危亡。顧一已之虛名。貽衆人以實禍。非吾救焚拯溺之心所忍也。視察學務奚取焉。或曰。如奏定學堂章程何。曰奏定學堂章程者。亦畏人言。不敢犯衆不韙。而遽謂小學不宜讀經者也。吾確見顧虛名者將受實禍。故欲起而匡救之耳。吾滇之危亡。尤近在眉睫。恐吾鄉父老膠於故習。不急求普通智識。蹈常習故。驅子弟讀經。遲誤國民之造就。此吾不惜大聲而急呼之也。及今始悟。已嫌其晚。再過數年。將無及矣。知我罪我。其又奚辭。晚宴客於富士見軒。至者嘉納治五郎。田所美治。坪井正五郎。建部遯吾。邱淺治郎。池田太郎。江部湻夫。柏原文太郎。和田純。小川資源。荒浪市平諸君。與吾國楊公使樞。馬參贊廷亮。錢監督鴻逵。及曉帆伯貞也。共照一相片。以爲紀念。

初七日。復覲楓書。並致和虎臣書。午後至會芳樓。吳石生庶常。張幼逵部曹之約也。同鄉十餘人。至晚而散。歸思吾國學制。定尋常小學五年。此五年者。兒童不入學。罪其父母。外國謂之强迫教育。又謂之義務教育。乃國家對於國民之義務。父兄對於子弟之義務。所以必造就國民。使有普通智識者。以處生存競爭優勝劣敗之世界國家存亡。視國民有無智識以爲斷。故與五洲各國競爭智識之優劣者。此尋常小學五年實基礎也。經書義蘊宏深。斷非兒童智識所能及。強使之讀。強爲之講。彼惡能知之。此外國所謂注入教授者。注入教授。謂如器然。不問其能承受與否。而強以物注入其中也。此乃教法之不善者。故變注入主義。爲開發主義。開發主義者。即以今世之普通科學。爲兒童所能曉者。教授之。其教授之法。先發其端。使兒童思之議之。合者獎譽之。不合者剖晰之。故兒童皆能了解。一日有一日之益。一年有一年之益。五洲各國。皆主開發教授。而吾國必以義蘊宏深之經書。強注入於兒童之腹。如食物凝滯胸中而不能消化。必爲病矣。猶曰。雖不能知其義。先使之熟其文。待長大研究融會而貫通焉。豈不迂且遠乎。徒見其遲悞兒童之歲月。阻滯普通之智識。躭延國民之教育而已。五洲各國。民智大開矣。方汲汲焉主開發教授。以造其國民。而吾遲遲焉守注入主義而不變。以此門智。必敗無疑矣。吾滇民智。尤爲未開。而禍患尤亟。吾之不肖。又膺學務之責。受奏派視察之任。苟無所知。則亦已矣。知而不言。咎安所逭。徇父兄之故習。誤子弟之光陰。將來知識不逮。設有不幸。一敗而塗地焉。吾爲滇學界中之罪魁矣。故經書宜大學研究。不宜置小學科目中。不敢不重言申明。幾欲涕泣而道也。

初八日。午前八鐘。田所生來訪。又諄諄言教育與行政俱宜留意。乃有進步。二者闕一。未有能見效者。九鐘時。雲南同鄉三十餘人。招飲於富士見軒。共照相以爲紀念。午後二時。至高等師範學校。聽醫學博士緒方正規君講衛生學。嘉納校長並邀子爵田中不二麻呂君講學校辦法。以明治維新。學校改革。田中子爵所親歷也。有會辦直隸學務盧靖者。問以開辦學堂。得師難。籌款亦難。當如何而可。田中君曰。二難皆吾曾經驗者。日本舊學。自中國輸來。今中國新學。求諸日本。若相報者。故願與諸君言之。日本初講新學。苦無師。乃延歐美人爲師。先培師範。又遣學生赴歐美留學。大抵不待其卒業。即召歸爲教習。亦搶攘無序。如中國今日也。當時吾赴歐美。考察學務。與彼邦人問荅。亦如諸君今日也。吾見歐美學校林立。民智大開。而吾國小而民暗。方始興學。以爲吾國必亡矣。當鎖國時代。上下懵然。既交通往來。見事事不如人。朝野一詞。亦以爲吾國必亡矣。雖慮其必亡。而不能不爲吾努力爲之。諸同志亦努力爲之。爲之不已。遂有今日。雖尚不及歐美。而學校亦林立矣。當日之慮其必亡者。亦幸不亡矣。諸君亦努力爲之可也。得師在培師範。初亦不盡合法。且學且教。久之師範多。學校盛。自有進步。至籌款尤爲困難。但培植子弟。誰不願之。特教者不得法。則人不願學。款亦難籌矣。苟教者得法。則籌款亦易。日本舊時。以四書五經教子弟。民間子弟。豈盡能持久讀書。以通四書五經者。父兄見其讀之數月。其暗昧與不讀者等。父兄無趣。子弟亦無趣。誰肯出款興學者。及用新法教之。淺而易解。切而有用。活潑而有趣。子弟以入學堂爲樂。父兄豈不願培植者。衆人皆知興學之益。則款自出矣。故曰教育得法。則籌款亦易也。初辦學堂。只有以官款提倡之。至教皆得法。則民間爭相設學。遂易爲力。諸君勿憚其難。但求教法之善。爲要着也。或曰。興學須有人才。人才難得。奈何。田中君曰。人才以磨鍊而成。以學校論。初辦實無人能勝任者。然年長者考察而從事焉。年幼者從事於學。就中磨鍊。人才自出。故事變益多。人才益盛。有磨鍊之資故也。人才豈自天降。豈自地出乎。勿憚其難而爲之。則人才可得矣。又曰。女學不可不興。日本女子。初亦家居。不許出門。及興女學。女子出門就學。與男子無異。守舊者羣起而笑罵之。吾不與之辯。但爲之而已。

今女學盛興。其上者爲中小學教習。較男子尤得力。其性情和順。最宜於教兒童也。其次亦能各執一業以求生活。既嫁不仰食於丈夫。丈夫亦得遂四方之志。無內顧之憂。中國人來遊者。皆羨吾國女學之盛。女子之有用。亦惡知三十年前。吾以興女學受盡許多笑罵乎。諸君但爲之而已。勿憚其難。中國地大。見效或稍遲。然未有爲之而無效者。又曰。日本所以戰勝俄國者。即國民敎育之效。日本之兵。上者中學卒業。次亦小學卒業。皆知當兵之義務。故能臨敵致果。俄兵多未受國民敎育。此其爲日本所敗也。往者法敗於德。亦由於此。歷史中兵之勝敗。無不根於學之盛衰者。又曰。中國亦自有立國之處。考察者當棄短取長。有相宜者。有不相宜者。分別而設施之。乃能有益。是夕嘉納氏置酒相待。至夜乃歸。

初九日。至范靜生處晤談。靜生熟腸人。爲留學界不可少者。晚至江葉樓。赴高田博士之約。在座者青柳篤恒君。及伯貞也。

初十日。與伯貞至築地印刷所。蕭石齋錢平階李文清亦至。商購印刷機器。予謂須諸君中有願習印刷者。購之乃能得用。諸君許以酌人學習。遂決意購焉。前日瑞堂商購織機。嚴慕清任學織業。李文清任學鉛鑄紙板。皆有注重實業之意。中國實業無進步者。以讀書人鄙夷不屑爲耳。外國實業蒸蒸日上。其師皆博士學士或高等卒業之人。其徒弟皆小學卒業之人。故能推陳出新。以求精進。吾滇實業。尤待振興。今師範生肯躬親習之。甚可喜也。晚至宏文學院。翊臣伯貞俱往。嘉納氏以竹添先生喜與中國人談漢學。因有是約。並爲訂高等師範出身河合絹吉氏至雲南爲教習。

十一日。長岡子爵以其詩屬定。予既評讀一過。有甚欣賞者。遂手錄之。其送大橋乙羽之海外云。亞海歐山客路賒。名都到處弄芳華。折櫻代柳君須記。西出馬關無此花。蓋東瀛以櫻花爲花中之王。吾國所未有也。予東遊在秋時。未見此花。讀此詩。頗流連不置。題東坡赤壁而遊圖云。文才今古孰爭雄。赤壁浮舟賦最工。十有五回壬戌後。但知風月屬坡翁。自注時在明治二十六年。距此游凡十五壬戌矣。詠孫夫人云。刀光胆氣女專諸。心迹初明一死餘。縱有貞魂歸蜀地。故宮禾黍已成墟。夏日宮下晚步云。奇峯矗矗翠屏同。溯水瀠洄東復東。竹裏松間一條路。行人都在晚涼中。題春光曳杖圖云。雨後山泥滑屐牙。紅霞一抹隔仙家。劉郎記否歸時路。舍馬而徒十里花。見晴亭即目云。鏡光雨後似新磨。隔海青山疊翠螺。霞照未收初月上。兩三帆影落淸波。舟中云。興到吟詩獨擧杯。淸溪日暮釣舟回。風吹不盡蓑衣冷。月過松梢十丈來。春思云。午篆有香風自微。春思荏苒思依依。梨雲深處冷無夢。蝴蝶一雙簾外飛。游函山云。夾路松杉翠滴衣。但聞人語隔溪微。知吾凡骨當湔洗。落石奔泉作雨飛。贈笠雲上人云。佛骨仙心君所得。酒龍詩虎我何求。願携鐵笛從師去。吹徹洞庭湖上秋。此乃七律予愛此四語。摘爲絕句。又七律佳句。如寄聲樓月夜宴集云。簫聲隔岸夜風冷。雁影橫江秋水涵，輓木村舟翁云。垂死病中猶筆健。賦歸老後更詩新。星岡茶寮夢山君招飲云。三秋既往菊花好。十月之交楓正殷。冬日寓葉山村莊云。蠟屐穿雲看客過。打包乘月遇僧來。晚歸云。鴉輕於葉村前路。雪遠如花樹杪山。到東台云。嶺石苔成前世相。天風鐘墮古時音。墨江樓上宴客云。檻前帆逐孤雲去。江上秋從一雁來。柳橋臨汀樓贈孔祥霖云。培塿之間看泰岳。山河洛上仰淵源。此因祥麟。追思孔聖。數典不忘之意也。五言佳句。如送早川信次之淸國云。吾道乾坤大。斯文意氣親。登岳云。北斗牀頭枕。東溟掌裏杯。春日山行云。桑榆巷南北。花柳埭東西。到甲州經御岳山路云。石激春湍怒。山揜雪瀑攻。予尤愛其對梅絕句云。梅躍疎竹倚。我老瘦藤扶。究竟梅兼我。元來兩個煞。頗似禪偈。得之爵位中。非具慧根者不能也。予因題其後云。先生前世是高僧。參到禪家最上乘。我與梅花皆幻相。拈來妙諦幾人能。晚赴翊臣幼山之約。酒罷。與和亭懷若伯貞。遊於京橋之市。步月而歸。

十二日。與伯貞至陸軍中央幼年學校。林莊次郎與和田純君導觀之。中有親王數人。講室操場。與平民子弟同一勞苦。惟寄宿舍畧爲特別耳。兩君爲言日皇之意。以海陸兩軍。當使皇族子弟。多爲練習。聞之不勝欽服。予嘗謂吾國近年來頗派學生出洋留學。是一轉機也。尤宜速選宗室中少年子弟數十百人出洋。分習海陸軍及法政及一切實業。將來歸國。必得大用。而留學生之擅有專長者。必能拔擢以盡其才。則國鞏固在此矣。此乃吾國第一維新要着。日本此校。爲陸軍幼年學校之中心點。每歲日皇親臨而觀其成績。故有便殿。操場有棚。其課程豫科三年。本科二年。必中學卒業者。乃得考驗而入。其撿察身體健全與否。至於目力耳聽。無不察。及以分去取。較他校爲嚴。早課各科學。皆帝國大學及高等師範出身者教之。午課兵操。則大尉中尉教之。整齊嚴肅。如臨敵然。是日觀其遊戲體操。兵式體操。及馬術。並遊觀各講室。自習室。醫室。寢室。食堂。浴場。爨所。馬廄。又有談話室。蓋講室自習室操場。既嚴且靜。無交語者。故每日午後。分一小時。准學生至室中會話。每周亦六日。皆不得出校。惟禮拜日得出。亦較他校爲嚴。吾觀日本各校規則。寬嚴不一。惟師範與陸軍一主於嚴。而陸軍尤甚。師範以造民也。而造官在其中矣。陸軍以練兵也。而練將在其中矣。民多而官少。兵多而將少。注意於多數。而多數之中。必有進而益上者。則少數之官與將在其中矣。故國家宜施國民之教育。而國民宜盡當兵之義務。晚與和田君及伯貞至日比谷。以日英續盟。英艦隊至。日人開歡迎會於此。故往觀之。居民戶戶張燈綵。懸日英兩國旗於門。日比谷公園一帶。燈火尤盛。夜明如晝。士女雜遝。往來不絕。盟會交際。亦有競爭之意存乎其間焉。

十三日。與和田曉帆至士官學校。值生徒野外演習。須兩禮拜乃歸。晤教長陸軍少將南部辰丙君。導觀者步兵大尉竹內正虎。及漢語教習木野村政德兩君也。此校生徒九百人。每年由陸軍中央幼年學校卒業而入者三百人。由全國中學校卒業考驗而入者。六百人。學期一年畢業後。可爲少尉。若不願爲官。尚欲進學。則入陸軍大學校。以期深造。至本校教授科目。有戰術學軍制學兵器學築城學。地形學。馬學。衛生學。外國語學諸門。而教戰術學。至百三十八回。教外國語學。至百七十回。尤重之也。餘則教授回數。多少不齊。少者十餘回。多者八十餘回。其教法講授。及應用作業。其校地甚宏濶。校之本部。前講室。後食堂。東生徒室。西生徒室。中則院落甚大。極爲整齊。其餘操場倉庫砲臺劍室馬場之屬。周圍羅列。無不具備。而槍砲器械。及一切軍用模型。大小數百具。陳列以資講習。亦足見國之興衰在兵。兵之勝負在將。故其造就士官者。不能不竭全力以圖之矣。然此特陸軍將士之普通學耳。而巳如是。其大學更何如耶。觀其巨砲數位。口徑一尺八寸。或一尺二寸不等。乃全國人民。各出財產百分之五。集衆貲以造成者。爲擊俄時所用。亦運置本校砲臺。供練習焉。予稔聞日本全國人民皆尚武。皆愛國。即此足見一斑也。午至楓亭飯。罷而歸。何幹臣解幼山來。遂留晚餐。談及初更。後散去。予倦甚。席地而眠。既寐。詣黎伯顏所。商聘法政教習。畧有定局。

十四日。與和田翊臣小帆至砲兵工廠。先遊其後樂園。園額乃明人朱舜水所書者。中有山有水。有橋梁亭臺之屬。行灌木中。聞羣鳥弄聲。頗有幽趣。遊畢。乃觀工廠。此間以造槍爲主。男工二萬五千人。女工一萬人。其工價每日平均計算。男工一人約四角。女工約二角。男工製造槍刀之類。女工製造筆碼之類。每日能出槍六七百桿。自日俄戰爭。晝夜製造不息。今和議雖定。仍夜以繼日而爲之也。大致一槍之用。分爲十數工場以造之。冶鐵者聚一場。製槍管者聚一場。造機關者聚一場。製木殼者聚一場。其製筆碼亦然。皆分工爲之。每場機器數十百具。同時造作。聲震人耳。眞巨觀也。窮日之力。環繞而觀。尚有造藥造彈各場。未及遍覽。歸後和田君索詩。予念數月以來。參觀各校。介紹書。半出君手。又偕觀中央幼年及士官兩校。而此廠尤禁縱覽。長岡子爵爲請陸軍省認可。乃偕往觀之。君現爲漢文教授。因贈一律云。城闕青衿有嗣音。遍觀學校列如林。少年麟鳳無雙品。壯士熊羆不二心。利器示人交誼厚。麄材如我感懷深。聞君正講中州學。吾道由來未陸沈。

十五日。同鄉開餞別會於富士見軒。以余及師範諸君於本月內將歸國也。濵距東瀛萬里。向來遊跡所不到。今乃有百數十人相聚於此。可謂盛會。諸君勉予及師範諸君歸後。力爲提倡學務。當有起色。予旣遜謝。又不敢不任。惟有竭盡心力爲之而已。予亦勉諸君以苦志勤學。期於有成而歸。上爲國家効力。下爲桑梓守土。而欲以屢改學校爲戒。並商定專門目的。諸君頗不謬吾言。其已定專門目的者。約十八九。所未定者數人而已。師範中則楊逈樓代表爲答詞。亦多勉勵期望之語。是日同鄉以滇蜀鐵路關係綦重。辦理不可不得人。因投票選舉。而予名得四十九票。居其多數。固同人之不棄。而私心自忖。此非吾力所能及也。學堂重任。鐵路亦重任。負一重已不勝矣。兩重俱負。必至兩負俱傾。此斷斷不可任者。擇一而爲之。則學務已經歷兩年。又出洋考察一次。雖無甚把握。而就所見以貢其愚。斯吾之責。所不敢辭也。若鐵路必舉鄉人丁碩甫李文山。李耀廷。王仲瑜。袁樹五。陳古儀。王小齋。馬心泉。施亮卿。施聚五。以及吾所不知而才實堪任者。當不乏人。集衆思合羣力以圖之。事乃能舉。而機關運動。似宜先設銀行。特外國銀行之法。滇無學而得之者。欲設銀行。亦難其人耳。然以上所稱諸人聚而謀之。亦必有下手之處。因同人不棄。而自度力不能勝。又不可不爲一言。故述吾意於此。且此路蒙巡帥奏准滇人自辦。而官款亦在其中。當必出於官督紳辦。大府知人善任。

自有權衡。又非區區所敢議矣。

十六日。嘉納校長爲請緒方博士。在高等師範學校講醫學。日本學校。以醫學爲最先發達。自醫學發達。人乃知西學之益。於是各專門學相繼而起。緒方博士則帝國大學醫科教授也。是日所講。於傳染病三致意焉。蓋爲時甚迫。不能遍論耳。

十七日。與伯貞至帝國大學校。僅觀理科。尚未能遍。又以他事。遂辭出。心頗抱歉。予到東忽忽三月。於學務雖逐日考查。但茲事體大。亦不能得其要領。又因樹五寄吳石生書云。滇中有信催予速歸。予則未獲此信。頗滋疑慮。惟聘教習購書器等事。一時料理未清。乃將一切考察。從此停止。專作歸計。數日以來。頭緒繁多。頗形勞頓。今定於二十八日搭輪船返滬。擬由越南與瑞堂懷若樹屏石齋諸友結伴回滇。適接滇電。允准延聘法政教習兩人。幸前日發電後。已物色聞島田俊雄。加古貞太郎均法學名家。畧有成議。一二日內。可以定局。則予亦從此去矣。同鄉諸君。謂歸後賢士大夫邦人諸友。必來問東游狀況。言不勝言。莫若將此日記。付諸刷印。持歸以遺鄉人。用代口舌之勞。因檢付錢翊臣監督。爲之校勘而付印云。

中華鐵路小言明治三十五年七月。余在上海。會見盛宣懷氏。談及鐵路問題。應盛氏之質問。畧述我國鐵道發達之歷史。及開於淸國鐵道經營之事項。以鄙見講述。大博盛氏之滿足。並索筆記及圖面。故著此應之。圖另付。

明治三十五年十月　上海旅館　小川資源誌

中華鐵路小言

日本小川資源述

昆明錢良駿譯

增進國之文明。民之福祉者。莫急於開交通之道。開交通之道。莫大於設鐵路。方今文明各國。舉鐵路布置之多寡。爲測度其國之明昧强弱之準繩。歷徵之事而可見者也。鐵路一開。洪利即隨而生。將收支相扣。以嬴餘配給於投資之股肦。此爲直接之利益。大概各國鐵路之歲利者。不下資本百分之四。就中其最繁昌者。至百分三十。以上直接之利益。固自不少。而所謂間接之利益。尚有多大之影響者。曰使政令頒布迅速也。曰使商賈貿易活潑也。曰使工藝振興也。曰使鑛山開發也。曰使促農事之改善也。其他百般之事態。能更新改革。人民因之以殷富。國家因之以精强。如北米合衆國。建國雖未幾。早已開明富强。雄視天下。殆欲呈壓倒世界之優勢。雖其人民富進取之氣力。排除百難。力圖邦家之富强。抑又以鉄路普及。爲開國第一之要務。而收今日之效果也。如我日本者。四面瀕海。山岳起伏。其間殆無平原坦途之地。故布設鉄路。甚爲困難。然距今三十五年前。取長補短之廟議既決。折衷歐米之文物。而釐革各般之制度。以布設鉄路爲要務之一件。辛苦經營三十有餘年。至於今日。開設條路。達四千二百英里。通國之都府。大概互相聯絡。得往來之便利。即終生不相見之民。栖息遼遠之地。昔日悵山河之阻隔者。今則一夕安坐車上。千里咫尺。無水遠山長之感焉。又各地之土產。糶糴自由。無偏低偏貴之虞。山林礦物到處開採。殆至無遺利。政府因得以改良綱紀。培養威力。以蕞爾之一島國。反與各大國對峙而不相讓。即專歸功於鐵路之開設。亦無不可。中華者。土地廣大。饒天產物。人民衆多。賦勤勉之特性。故各省之都府碼頭。若互相聯絡。布設鐵路。使各地之交通容易。不但農工商賈之業。有長足之進步。其影響所及。制度可使之革新。通貨可使之一定。語言可使之統一。馴致使國家强精。爲最大有力之助長機關。皆基礎於此也。然舉中華現時開設及起工之鐵路觀之。已開設者。併滿州線路。達二千二百二十五英里。係起工中者。達七百八十英里。係線路已決定。而未起工者。三千五百九十七英里。合計爲六千六百英里。此皆各都府應連絡之緊要線路也。其建設早成功一日。其成績所早一日可觀。除此之外。又與此有同一之效力者。緊要條路。大約要六千五百英里。其條路已詳於添付地圖內。其起止地不揭於玆。倘能如上之線路一旦成功。增進國家之殷富。不問可知。而首尾相應。腹背相接。即施政行軍之兩方面。亦如弄之掌裏。然而其線路之已決定者。姑措而不論。僅就前揭豫撰線路之六千五百英里論之。嗚呼。六千五百英里之鐵路。口言之固易。而行之則難。即如資本非官與民互相協助。組織成一大團体。善爲經營。而出以公平至當之處置。不能望其成功。今欲舉此事業。宜先依左之順序爲基礎。定財力之多寡。逐次施設爲緊要云。其條目如左。

（一）須選學識與經驗俱備之技術家。或斯道熟練者。使豫測各條路。用單簡之量地器械。相察地形。推斷概畧工程。而豫算經費。此謂之豫測。及建築工費之多寡。營業收支之利鈍等豫算之事。

（二）以前項之考查爲根據。建築經費之財源。及官民合同之方法等確定之事。

（三）前項概定之後。斟酌線路之緩急。財力之伸屈。順次正測建築著手之事。

照右之順序著著進行。則無他日噬臍之悔。抑鐵路者。如中華乃廣袤宏大。在絕海路之地方。其效用最顯著。固不待言。然就都府之方位。山川之向背。而擇鐵路通過之位置。不得不考查其得失。研究其緩急。至幹線枝線之連絡。工費之多寡。成功之年月。着手之順序。資本之源流等。亦要精詳妥協。迨規模已定。然后始能着手。否則他日不無遺悔之事。且鐵路於長途利多。近路較薄。從來之成績。可得而徵。故前揭之大方針一定。小地方之利否不必拘泥。能通籌直接間接之利益厚薄。混同爲一塊。就全局面之得失利鈍。細心考查。是爲必要。徒在現在貨客繁昌之處注目。只垂涎直接之利益。姑息動作。不無誤國家百年大計之處也。況鐵路爲疏通國家之氣脉。譬如人之身体。鐵路者。恰如血管。血管豈但一指一肢之充實、而遂爲完全之人體乎。必案渾身之脈絡貫通。而施以衛養之術。能如此則全體之康健可保。局部之動作。自然活潑。鐵路之作用。亦無不然。我日本幸不誤前述之順序。著著進行。至有今日之成績。雖然。自明治初年。至八九年之間。東洋人士。修工學於鐵路。有經驗之人甚少。第一著之量地設計。不得不依西洋人。洋隔東西。言語文字。全不相同。風俗嗜好。亦爲各殊。所以經費亦要格外之多額。收功又頗遲緩。及後國人奮興。從事工學。無幾而博士技師。彬彬繼出。遂不假手於西洋人。量地建築。共著成効。較之專囑西洋人時。其經費殆減半額。在同一時間得收倍蓰之功。自是歐米人始解任。而利權亦惟我自操也。中華土地廣大。富天產人巧。國民又具勤勉之特性。曾以文明富強。雄視天下。今雖少有遜色。如近今外洋各國。於交通機關。競爭改良。謀制先機。中華若有意於此。開內地交通之便。布設鐵道。使四民之新知識。互相交換。則民生可即富厚。國威隨之。欲壓倒一世。亦不爲難。予等每念及此。不禁爲中華翹盼也。我日本人者。咸存任俠之氣力。隣邦之事。不敢外視。如經營鐵路之事。苟爲中華所囑託。不問自家之利不利。必進而當是地建設之任。果然則中華者。不用鉅額之經費。而收倍蓰之功。夫豫撰線路六千五百英里之豫測。不出一周年。可竣其功。予等偶游歷此地。查視內地之事情。慨然有不能已者。而作此鐵路小言。

小川資源著於上海

學制大意一

日本文部省參事官田所美治述　劍川周鍾嶽譯

陳君以學制大綱致詢。今即我邦教育之沿革而略陳之。其沿革之細者不復述。請日本之教育。仍得自貴國者甚多。在昔千六百年前。既通韓國。而貴國文化傳播而來。經種種之變遷。或由我邦而遣留學生。或從貴國而聘教員。千有餘年之間。經幾多之變遷。以至於王政復古。適爲明治之時代、此間之教育。與我邦今日之教育有異。其教育或行於種族。或行於士族。或行於貴族、與今日之普及一般人民而強制教之。所謂普通教育者不同。其有初等教育之制度者。始於德川時代之市子屋。但所稱寺子屋者。極不完全。又德川政府所注意者。設與大學相同之各種高級學校。而各藩又有藩學校。其他如寺子屋亦漸漸發達。至明治維新之頃。而相續不絕。

厥後明治維新。遂成爲今日之教育歷史。今日教育制度之歷史。始於明治維新時代。即僅三十八年間之歷史也。日本學校之成立。基於貴國之文明。而以我邦固有之性質爲元素。因時勢之變遷。加以獎勵發達。而進步不止。然特有貴國窮理之學。至今日歐洲發明之科學。所謂科學(サイヤンス)教育者。實爲欠缺。及明治初年。王權復振。即今所稱爲王政復古者。明治天皇即位之後。諸般制度。取法歐洲文明。明治初年頃之變遷。於德川時代所興之學校而承續之。如德川氏所設學校。在於東京者有昌平黌、置於東都者有學習所。於東京亦復有開成黌。皆承續其後而擴張改良之。或變其名稱。而稱爲大學南校。與大學東校。或變其形與時勢相應。而並相發達。明治五年末。初發布學制。爲今日學制制定之基。小學中學大學之制。依此而初設。是實明治五年之末。距今三十三年以前。其時所發布極有秩序之一法制也。

先是明治四年七月。初置文部省。蓋承幕府昌平校後而爲之者。至是乃有大學頭。其人爲文部省之行政機關。明治四年。文部省初置。始統一全國之學制。於一方頒布學制。而大學中學小學之制定。於一方設文部省。又於文部省置督學局。爾來十數年相沿不替。初時所建學校。如開成黌昌平黌專門學校。各地師範學校。又有英語學校。亦仍續幕府末所有之學校而設於各地者。一則因各地興小學校。需用教師。而設師範學校。一則因採泰西文明之必要。而設英語學校。其後貲財日殖。官立小學校亦增設。又建幾多種類之學校。漸漸變遷以迄今日。是等變遷之細。悉載於書。就而覽之可矣。茲即今日之制度略言之。

其間制度發達。學校增設。經費增加。諸般之中央制度與地方制度。亦發達而遂至今日之情況。試舉其一二觀之。明治十九年。頒帝國大學令。師範教育令。小學校令。中學校令。而制度初備。其前此明治五年所布學制。及明治十三年所布教育令。至明治十九年。悉取諸般法令而改正之。近年復改正諸般法令。爲學校標準。於下再言之。今不詳述沿革之部分。其在於昔者非甚要。故特詳維新以後之部分。直從現行制度而講述之。

日本興學。其原亦皆賴外國人。初聘歐美人士。以爲教員。於一方即從東京遣派留學生於海外。官費之留學生。其期或三年或四年以至五六年。學成而歸。則採用爲教員。雖至近年。猶有一二特別學科。雇用外國人於大學高等學校。然幸此數年間。已無必需外國人之形勢也。沿革之中。此處宜稍稍一言之者。當幕府之末頃。他之語學教育之事。日本已爲注意。又注意於硏究海外歐羅巴國語之方。其初仍學和蘭語。漸進而學英語佛蘭西語德意志語。同此外國語。而直接輸入日本者有醫學。故醫者之敎育之事。自幕末維新之初。即已注意。而所謂醫學校者。起於長崎並東京等。是適隨語學之輸入。而爲最初傳來專門學科之一。因而特加注意。今日我邦醫學之發達。此亦爲其一原因。蓋醫學與語學交互而受其益也。因醫學而他之理學亦從此來。然非貴國急急之事。請自日本敎育之發達而一言之。歐羅巴所云宗敎。此與敎育甚有密接之關係。交互錯綜。數千年之間。宗敎與敎育始終混同。往往爲宗敎而阻害敎育發達之事者甚多。日本之宗敎。與敎育全然判別。前所云寺子屋敎育者。寺院僧侶一時干與敎育。此因其時適際文敎墮地。武人專事弓矢之時代。棄貴國輸入之文敎。其時維持文學者。惟有僧侶。是僧侶殆即學者。因而開私塾。敎手習。然寺子屋非如歐羅巴以宗敎而侵蝕敎育。即所謂敎育之發達。與宗敎獨立而發達者也。其使日本敎育發達。較歐羅巴極爲容易之一理由。今試思之。蓋此三十年間。無何等之障礙。文部大臣所設施之事。奏効於全國。以得今日之聲價。不爲宗敎界所羈絆。此其一原因也。至所謂宗教之教育者。惟許於宗教之學校爲必要。若國家所建學校。及官立公立學校。皆有一定學科課程。於學校不能施宗教之儀式及教育。故特下禁止之命令。宗教與教育。其方針全分離而行。且各爲發達。試讀其規定而可見矣。明治三十二年。文部省所出訓令第十二號。其文曰。

一般之教育。獨立於宗教之外。爲學制上最必要。因此而關於官立公立學校。及學科課程。有法令之規定。於學校中。雖課程外。亦不許施宗教之教育。及行宗教上之儀式。

觀古來歐羅巴之歷史。宗教之勢。實可恐怖。其與國權。時起衝突。成幾多之戰爭。或雖無戰爭而於平和時代。亦生幾多困難之問題。幸我邦教育之制度。立於宗教以外。以今日現在推測將來。而知六年前所出訓令。不獨佛教而已。即耶蘇教總爲獨立之事。如前所云宗教者。別有學校。但能各設宗派而已。

五、

欲述各學校學制之前。宜先即教育行政之機關而言之。我邦於明治二十六年。發布各省官制通則。以規定行政之機關。除文部省外。又有八省。此九省者。皆受天皇之委

六

任。以爲行政機關者。各省皆有大臣。而法律勅令之制定廢止改正等。則提出於閣議。所謂內閣者。即以九大臣組織之。其向於內閣。凡屬分內主任事務所必要之法令。得請求其制定廢止改正等。又各省大臣自己之權職。或依於特別委任。而得發省令。如文部省內務省農商務省各省大臣。能獨立而發其省令。又對於部下之地方長官等。可以發布訓令。又各省大臣有監督地方長官之職權。依此而地方長官之發命令處分。或違成規。或害公益。或越職之時。其命令處分。各省大臣。能取消或廢止之。要而言之。則監督地方長官是也。如斯權職。爲各省大臣所通有。文部大臣亦其一。固宜有此職權者也。各省大臣之外。有內閣總理大臣。所以統一內閣之事者。

於各省置大臣官房。掌關於大臣機密之事。及其他之事務。與官吏之進退等。又因便宜而於各省置局。其局即執事於大臣之下者也。其居各省職員。有次官。有局長。有參事官。有秘書官。有屬。如斯者各省皆然。此外各省有備必要之機關者。今自文部省一般之事。及文部省所置必要之官吏言之。

前所舉者。若明其職權。則次官者輔佐大臣處理省務。而監督各局之事務者也。局長

有處理自己主務屬於局長者之責任。參事官受大臣之命而掌機密之事務。書記官助大臣官房或各局之事務。是爲局長之輔助官。屬者。從事於庶務。此通各省官制之大概也。

其各省通則。又有特別之規定。故文部省官制。亦因此而規定文部省之省務。即文部省掌理關於全國教育學藝之事務者也。在文部省有三局。一專門學務局。一普通學務局。一實業學務局。詳於文部省官制。願君覽之。要之教育分爲專門教育。普通教育。實業教育三者。故準此大體而設三局也。局有局長。依官制之通則而掌理局務。今概言之。參事官者。文部省有三人。書記官二名。其他有所謂視學官者。非在今所云官制通則之中。乃於文部省有特別之機關者。共有五人。掌學事上之視察。或時掌屬於各局之局務。其他有圖書審查官二名。掌教科用圖書之審查。以審查教科書之適當與否。又別有編修五人。掌教科書之編纂。近來國定小學教科書。即爲文部省所編纂。此外有技師三人。屬五人。技手八人。此文部省規模之大體也。

文部大臣之官房。爲事務之便宜。而置秘書課。文書課。會計課。圖書課。建築課五課。實業學務局。亦分爲三課。各課因事務之便宜。又分爲數小分。茲不具詳。請即事之系統與順序言之。想可知其大概矣。

文部行政。有特別視學之事。即前所云於各省官制通則旣定職員之外。而置視學者也。此爲學校行政上最要之事。故於文部省特設此機關。視學官有五人。分全國爲五部。以掌學事之視察。每二年變更其所受持之地方部。五人始終輪替爲之。各以二人交代。而相互視察全國。每年巡視各府縣一回以爲例。凡一府縣。約巡視十日。一年間之巡視。以三十許日爲標準。今列視學官所視察之事項如左。

第一　教育行政之情況。

第二　學校教育之情況。

第三　學校衞生之情況。

第四　學校經濟之情況。

第五　關係於學事職員執務之情況。

第六　關於教育學藝諸視察之情況。

第七　其他特受指命之事項。

以上頗爲重要之事。故特記之。以備觀覽。

視學官於巡視之地方。有意見時。直以要領報告於大臣。又視學官凡屬於抵觸法令之事項。省議決定之事項。其他特受指命之事項。能直陳述其意見於有關係者。又巡視既畢。歸時可以口語復命於大臣。於一月內呈出復命書。

上所言者文部省之官制。並重要機關之大體也。此外文部大臣於前各項之外。有關於學術技藝之諸會議體者。則可以直接監督或掌理之。例如高等教育會議國語調查會委員會。今舉一二言之。其類此者尚多矣。

中央之機關。已略述如左。請復言對於地方之機關。我邦於各地方。(除臺灣外)分全國爲北海道、三府四十三縣。各府縣置知事。知事下有事務官。知事者受各大臣之指揮監督。而管掌屬於自己地方之行政事務。蓋知事以受內務大臣之監督爲主。而凡爲各省之事務者。則屬於各省大臣之監督。例如付於文部行政事務者。則屬文部大臣之監督。付於總體之事者。則屬內務大臣之監督。然知事爲施行自己之職權。而可以發必要之府縣令。北海道長官。亦有府縣知事之職權。

在府縣亦仍有知事官房。其外有四部關於教育之事者。以第二部管掌之。又於府縣置視學者。仍然掌關於學事之視察及庶務。府縣下有郡。郡有郡長。爲教育而置郡視學。郡視學者掌關於郡內之學事視察及庶務。有與郡相當之島。而爲要地者。則置島司。島司之下有島廳視學者。仍然掌學事之視察。此外付於學事之視察者。有師範學校長。從事於學事之視察。而設便宜之規定。師範學校。各府縣皆有之。

中央行政之機關。已略陳之。請復言地方自治團體之機關。或置市參事會。市長。或町村長、或町村之學務委員。皆從於各學校之法令。而規定其職權。換言之則自治體之機關。爲國家行政所利用者最多也。其職權職務之規定。俟言各學校令時當自知之。

自是請言學校敎育之種類、日本之敎育。基此而有階段程度之區別。又分爲初等敎育。中等敎育。高等敎育之三者。屬於普通敎育之部分者。爲小學幼稚園盲啞學校及其他類於小學校之各種學校。其次則中學校高等女學校並類於中學校高等女學校之各種學校。其次則師範學校等是也。屬於專門敎育者。爲大學、專門學校、高等學校之類因近年實業發達。而特設實業教育之分科。即工業學校。農業學校。商業學校。及水產學校。商船學校之種類是也。其他有稱爲實業徒弟學校者。或爲程度尙低之實業。而有補習學校。總括此類。名爲實業學校之一部分。蓋近年所發達者也。因程度階級而分爲初等中等者。是統合今之普通教育。專門教育。實業教育。而橫列以區別之。如各種學校。或屬於專門學校者。有高等程度之專門學校。屬於實業學校而程度低。類於小學校者。如補習學校是也。其餘有爲中等者。有爲高等者。於言各學校時詳之。

文部大臣。處理一切關於教育學藝之事務。如前所云云。故我邦學校。凡關於教育者。皆屬文部大臣管掌之下。雖然、其行政的事務。最爲複雜。故因便宜上而或有學校屬於他大臣者。例加陸軍士官學校。及其他幼年學校。陸軍大學校。戶山學校。砲工學校。軍醫學校。經理學校等。屬於陸軍大臣。又海軍兵學校。海軍大學校。機關學校。則海軍大臣主管之。其他商船學校。郵便電信學校之類。則遞信大臣之所屬。又農商務大臣。雖無所屬學校。然或以學科與實業之練習爲目的。而有所謂蠶業講習所。農業試驗場者。則因於農商務大臣。有直接之必要及便宜而管理之。此等各省大臣管理之外。又有屬於宮內大臣之管理者。如學習院華族女學校之類。其掌貴族教育者。即宮內大臣也。此等學校。直接於各大臣之所管事務。故因便宜上及沿革上。而自然生特殊之關係。從其事務之必要與便宜。而不能不分屬於特別之大臣。此等日本之教育行政。觀上所言者。可以悉知。即在外國。此例亦多。

請略述臺灣之學制。臺灣與以上所言者甚有差別。其事務屬於內務大臣之監督。臺灣內部之教育。設官立國語學校。及師範學校小學校等。其外亦有私立學校。然皆爲臺灣總督府之所管。文部大臣。未有管督之權。殆爲獨立之學制。蓋關於殖民地特殊之故。不僅教育事務而已。其他一般行政事務亦然。至各行政機關之職權之大體。與學校之種類。教育之種類之大體。如今所言。想已具悉矣。

學制大意 二

日本文部省參事官田所美治述　劍川周鍾嶽譯

學制沿革。昨日已言其大體。今請言小學校之事。而先述小學校沿革之概畧。以及於現行之制度。小學校之起原。昨已言之。葢自昔時貴國儒教學問。傳入日本。如漢學文學之類。其入日本也最古。至今日小學校之形。則先基於寺子屋。因其時武門最盛。文學衰頹。教育之事。次第歸於僧侶之手。於時僧侶始創寺子屋。教授讀書算術及普通日常必需之事。以擔任教育之一部。初具今日小學校之形體。厥後德川時代。亦極獎勵學問。但其所獎勵者。仍爲高尙之儒教之學問。有專門之漢學文學等。而於普通今日所謂小學教育者。則仍爲寺子屋。自時厥後。賡續改良。特於東京及其他民庶繁華之土地。寺子屋之類。大半發達。是爲維新前小學校之基。想與貴國今日之現狀。殆相類似。

自維新後。以迄今日。是爲明治時代。請擧其沿革言之。昨日所言明治五年。頒布學制。

一三

一四

而小學之根本已規定。明治十二年。廢學制而有教育令。十三年教育令又加改良。至十四年十五年頃。教育之施行規則出而小學校之組織漸就完整。明治十九年。當森文部大臣時。諸般學制。進行靡已。而小學校令亦出。小學校令之名稱。其制度自此時始。森大臣計畫種種之事。同時於養成小學校教員等。甚爲極力。故明治十九年以來。頓就於發達之端緒。

明治二十三年。改正小學校令之一部。是年十月。頒布教育勅語。日本教育之主義精神。特以德育爲基礎者。至是而始定。三十三年。最近小學校令發布。即今所現行者也。小學校之發達。國家亦極注意於制度完備之事。始終努力不衰。同時國家又出補助金以設立小學校。且常以資給小學校教育之發達。自初頒學制之時。至明治十四年頃。年年以若干之國帑賜各府縣爲小學校教育之補助。近因一時財政上之關係。而其事乃中止。又明治二十九年。設教育之年功加俸。其加俸之欵。乃出自國庫。於一學校長勤勉者。則增教員俸給。其所增之俸給。亦出自國庫矣。明治三十三年。市町村立小學校教育費。行國庫補助法。與年功加俸。特別加俸並行。凡小學校市町村。不能不自行維持。而國家亦宜儘其財力以補助之。歐羅巴諸國皆然。或有俸給之全部。出於國庫。日本雖尚未至此。然國家亦仍盡力於小學敎育。而不吝傾其貲財。歐羅巴諸國。大概以法律而爲關於小學校之規定。然一則有宗敎之關係。一則有使擔負市町村之義務之關係。而小學校令因此而亦有不能規定法律者。例如德國之普魯士。尙未有小學校令。即前所云因與宗敎有關係。學令規定。甚爲繁雜。雖屢提出於議會。而法律迄未成。德國之中心普魯士即如此。卻於撒遜（サクソン）及倍倫（バイエルン）已早有法律。英吉利亦嘗群議沸騰。而於宗敎上之關係議論尤甚。至前年（即一千九百三年）而乃有敎育令。我邦勅令之出。與宗敎無關係。敎育獨立於宗敎以外。且因有規定市町村制之勅令。故小學校令之勅令以成。明治十九年以來。屢經修正改良。遂至於得成今日之規定。此事對於貴國。無必要之事。然日本之小學校令。容易改正。能隨時勢而進步者。實以此故。一言之。即如今日又有必須改正者。則提出於會議而勅令立能改正。甚易易也。從時勢之進步。而整頓小學校令之事。極爲容易。此日本之小學校令。可資君參考者矣。

關於小學校現行之規定。與明治三十三年之小學校令。其施行規則。今於此二法令而搜葺之。小學校教育之目的。規定於小學校令第一條。蓋國民必要之道德教育。與日常生活上普通必要之智育。並健全國民所必要之體育。此三者從國民之地位酌量而施以必要程度之教育也。如訓令第一條云。留意兒童身體之發達。而與以道德教育國民教育之基礎。並授以生活必要之普通之智識技能爲本旨。此以簡單言之。則於日本國民所必要之程度。而施以智育體育德育三者也。國民教育之語。頗貴國留意於此。此小學校與以國民之思想。使自思爲國家國民之一員。即小學校之目的也。誠於國家的觀念始終注意行之不衰。則必能得其效果。在小學校宜具一般之道德。且與以國民之德育智育體育。換言之則小學教育者國民教育也。故德國於小學校。附以「ホルイスシューレ」(國民學校)之名稱。依此而小學校令施行規則。即本此目的以規定。其注意之條項第一無論教師等教科科目時凡關聯於道德教育與國民教育之事項。不可不極爲留意。又智育之方。亦本此目的。爲選日常生活必要之事項而教授之。極力反覆練習。以使之能應用。且隨今日文明之進步。而學科益爲複雜。凡日常生活必需之智識。次第增加。而體育亦因以愈重故小學校常留意於健全兒童身體之事。任教何學科。其目的方法。皆隨兒童身體發達以爲之。如隨世之進步而祇重智育之方。則程度日益高。小學校所教之事。昨日所教者。今日即憂不足。雖然國民全體。其身體之發達。不可不極爲留意。其他屬於小學校法令之規定。尙有宜注意者。如男女之特性、即男女性質之所異。與其將來之生活。皆不可不注意。於各教科目。不誤其目的方法。使互相聯絡。有密接之關係。以與曩所言國民教育之本旨相貫通。如斯之事、皆細爲規定也。

小學校有尋常小學校。高等小學校二種。又有尋常小學校之教科。與高等小學校之教科。合併而爲尋常高等小學校者。小學校以市町村立爲本體。其例外亦有私立者。又有官立者。亦有府縣立者。又有屬於宮內省者。官立者政府立也。附屬於高等師範學校。爲高等師範學校生徒之練習。而設有附屬小學校。府縣立者。附屬於府縣所立師範學校之小學校也。屬於宮內省者。如學習院及華族女學校。昨日所言貴族教育一段階之初等科。即小學校也。自國家觀之。則以市町村立爲本體。蓋小學校以國民敎育爲主。有强制義務敎育。各市町村。不能不建之。故以爲本體。因是而小學校令之規定。以適用於市町村立小學校。及市町村之特別情形。所謂私立小學校者爲目的。而官立府縣立之小學校。皆準此市町村立小學校之大體規則。又於小學校。爲常尋小學校高等小學校卒業。而欲補習其學科者。復設補習科。其目的蓋爲國民一般之義務。現今惟四年之尋常小學校。爲不可不修。若此四年後。即抛弃敎育之事。不數年而已忘。則從來之敎育。歸於水泡而無效果。故或計時機而使修練補習之。爲不可少。其小學校卒業。而尚欲進高等之學校者。固無需乎此。然或於貧村之子弟與漁民之子弟。則或選季節。或於漁期閑散之時。或農事閑散之時。集合之而使爲一年。或三月。或四月間之温習。頗有非常效果。故歐羅巴之小學校亦有之。日本小學校亦有之。小學校令。又因便宜而於盲啞學校幼穉園。及其他類於小學校之各種學校。亦有特別之規定者。此外則大體規定於小學校令。是小學校令於普通小學校之外。又規定此等學校之事也。

小學校所敎科目。以修身國語算術體操四者爲本體。即屬於前所云德育智育體育也。爲德育而有修身。爲智育而有國語算術。此國民無論何人。皆不可不修者。又於體育別有體操。此四科目。始終爲小學校國民教育根本之學科。依土地之情況。必要之情形。而或許加科目。例如圖畫唱歌或手工。又爲女子而加裁縫。此等科目。非强制兒童而教之者。故名爲隨意科。唯前四科爲必不可不教耳。其依土地情況而加設者。爲隨意科而非必修科也。尋常小學校修業年限。有四年。即受四年教育。爲畢義務教育之事。國民一般所不可不修者。惟此高等小學校之學科目。於修身國語算術體操外。加日本歷史。地理。理科。圖畫。唱歌。各科。又於女子加裁縫。高等小學。如前所云。無義務教育。隨人民之意。蓋爲無資力入中學校。或欲入中學校而尙須補習者設之。義務教育惟尋常小學校而已。此高等小學校爲國民之隨意者。其學科目稍高尙。即日本歷史地理理科是也。高等小學校年限有二年者。有三年者。有四年者。因此而其科目間有取捨。例如二年之學校。則缺理科唱歌之一科或二科。三年之學校。則加手工或農業或商業等。四年者則加英語。其他細科目。亦可以加減。此非義務教育爲任意之教育。故許人自由。即高等小學校。有建於商業地方者。則加商業科目。建於農業地方者。

則加農業科目。又有多少工業之地方。則加手工。如在繁華之東京。爲全國中心之所。則略課以英語。是等雖止爲初步。然亦依土地之情況。必要之事物。使可以臨機便宜而應用之。義務敎育。共有四年。但能終尋常小學校之業斯善矣。高等小學校。凡無資力入中學校進大學者。或無資力施專門之敎育者。或已出尋常小學而地方無他學校與其程度相當者則入之。以受較尋常小學畧高之普通敎育。此高等小學校之目的也。

各敎科目之要旨。其內容敎授上之注意等。從小學校令施行規則之第二條以至十五條。規定極爲精細。例如修身一科目。以如何之事爲基礎。皆載在關於敎育之勅語。即前所云二十三年所出之勅語也。本其勅語之趣旨。而涵養兒童之德性。指導道德之實踐。但不可空以所謂仁義禮智者敎之。必指導之使實行其道德。願貴國注意焉。如讀論語而兒童不能知其意。似此書物。雖讀之而不能實行。在我國極注意於此。以養成道德之德性性質觀念。同時即使兒童以實踐爲主。又道德之內容。在尋常小學校。則授以孝悌親愛謹謙恭敬信實義勇之事項。適切於實踐且淺近易行者。漸進則說對於國家社會責務之一班。以高其品位堅其思想。養進取之氣象。貴公德以養忠君愛國之士氣。國民養成道德之根本。在於小學校。而小學校所教道德之內容如上所云。故此條特細述之。

高等小學校。於前項之趣旨。更擴充之而使之愈堅實。又因幼年女子。特注意於使養成貞淑之美德。且授修身當以嘉言善行。或諺辭等勸戒之。使之極力服膺。如此共十五條。凡各學科之內容要旨目的。規定極其精細。作修身教科書及教授皆依於此。

在外國修身之教育。多據於宗教。即昨所云教育與宗教混同也。德國有各宗派之僧侶。而修身即教宗教。同時亦並教以道德。惟佛蘭西設有修身一科。此外多數之國。如德意志。墺大利。伊大利。皆據於宗教。其以純粹之修身科。教國民之道德者。恐祗有日本而已。佛蘭西雖亦有修身科。然日曜日仍有宗教舊教新教各種之宗派。在於社會也。日本雖有佛教。然仍非國教。不過任人信仰。初無一定宗教。而可以國稱之也。國民教育。在小學校。不可不以此爲道德教育最重之基礎。何以故。日本人富於愛國心忠君愛國之思想。冠全世界。而此於何處養之乎。則學校養之是也。雖或有信佛教者。或有信耶蘇教者。而凡爲國民。又國家制度之基礎者。無不施以道德教育。其道德教育之基礎。在於小學校。此事實行以來。幸其結果。於戰爭亦能現其聲價。固君所親覩者矣。和蘭學校。亦無修身科。頃言德國之各學校。以宗教代修身學科。於佛蘭西則有道德之學科。而和蘭皆無之。然則何以施修身道德之教育乎。蓋一任於宗教之寺。而學校無之也今日世界各國。於日本道德一種之發達甚爲驚歎而日本學校之有此結果。則在於明治二十三年所頒關於教育之勅語。是實爲今日教育之基竊願譯此勅語可歸而實施之也。

教科目爲留意兒童身體之發達。而時間不宜太多。惟一週以二十時間乃至三十時間爲度。時間少者即留意身體發達之事也。又宜規定生徒之休業日而無害其身體之發達。

自是請言小學校就學義務之事。小學校教育。爲通國之義務。兒童從滿六歲之翌日。至於滿十四歲。此八年間稱爲學齡。即逾十四歲。即已無義務也。自六歲至十四歲。八年之間。不可不常在學校。但四年之尋常小學校。能終其業者即可矣。或因事情已滿六歲。而實際不能進學校之兒童亦有之。例如身體孱弱之兒童。於八年間之四年尋常小學。亦不能修者是。換言之則在學齡而能終尋常小學之教科者。即爲完其義務。其有此義務者。爲兒童之父兄。或後見人代親行權者則負義務。而予以學齡兒童保護之名稱。其人則負義務者也。又有在學齡兒童。爲人所雇者。其雇主不能因雇用之。而使之不就學。若其親欲遣兒童入學校。則雇主不能拒絕之。總而言之。凡日本國民。無論如何情形。而就學上義務不能不行也。唯其兒童有白痴瘋癲。或具廢疾等情。乃免除義務。或雖不至瘋癲白痴。而病弱與發育不完全者。則猶豫義務。如斯之事。往往有之。亦間有因貧窮而得免除者。然則履行其義務。果何如乎。蓋爲學齡兒童之保護者。使兒童入市町村所立之小學校。或代市町村而私立之小學校。即爲履行義務之事也。無市町村立之小學校。或因特別情形。而入私立小學校。又因特別情形。而或在家庭。已自教之。於此等事。必經市町村之認可。乃能行。在歐羅巴此例外之情形甚多。每有在家庭別置教師。而不入小學校者。以富豪之兒童爲尤多。夫小學者國民教育也。富豪之兒童。多教育於家庭。而入小學校者。惟貧民。未免留一種之歷史的觀念。故日本與美國。（美國有四民平等主義）皆貧富相並進小學校而受技業。雖大統領之兒童。亦與車夫馬丁之子。同居一處受業。爲亞美利加之所誇。日本雖無此。然當然之事。無論何人。皆入小學。而實無別置一師。以授學於家庭者。

官立及府縣立之小學校。其尋常小學之所修教科。仍與市町村立尋常小學校無異。兒童不滿六歲者。不得入小學。此事特嚴密行之。蓋以滿六歲者。審量兒童發達之程度。爲適當之時期。而爲勅令所規定。故從此以前。雖有聰慧兒童而亦不能許。

所謂義務年限四年者。歐羅巴各國有種種之不同。多有在六年以上者。或六年或七年八年。以至九年十年。是蓋依文明之程度與國情而各異。例如德國之普魯士爲八年。佛蘭西爲七年。英吉利仍爲七年。我邦於此時。官民皆思延長爲六年。然因顧慮教員之補充。費用之增加。而尚未及施行。先時曾言高等小學有二年者。有三年四年者。近時特於二年之高等小學。以爲無益。謀欲變通。數年來已有訓令。故各地大半從之。誠如是則尋常小學校之上。附以二年。自然可成六年之學校。且或因時期之後。而定於六年者亦較易行。此所謂就學義務者。雖規定於法文之上。然實行極爲困難。惟我邦近年國民漸漸而深知教育之必要。又一方於市町村之督勵亦甚勤。故其結果。現今百人中至有九十八人就學者。所餘數名。或爲疾病。或爲貧窮。或爲懈怠而間有不入者。然不過數人。數年前則就學者每百人中或七十名或八十名耳。在歐羅巴各國。以德國之發達爲第一。百人中乃至於九十九人。此外三國。則迥不及。佛蘭西亦遠遜於此。如英吉利則有七十名或八十名。如露西亞則惟三十名四十名耳。彼無學者多至五六十人也。我邦幸達於九十名以上。雖尙劣於德國。而此外則無多遜矣。

學制大意 三

日本文部省參事官田所美治述　劍川周鍾嶽譯

小學校爲誰所建乎。蓋非國建。非府縣建。而市町村所建也。其或有一町村不能擔負費用。而與他町村組合。是稱學校組合。此小學校設置之事也。又或有以教育自己町村兒童。委託於他町村者。小學校之校數位置。知事或郡長聞其市町村之意見而定之。如東京市宜置幾學校。由府知事聞其市之意見取定之。町村則由郡長聞町村會之意見而定之。有時或以一市而分劃爲數區。每區必須設小學校。萬不得已。則知事於小學校之設置。許其暫緩。或免除其義務。如當極飢饉之時。貧窮而不能建學。則暫緩其設置之義務是也。

國民之義務教育。惟尋常小學校。而高等小學校。原爲隨意教育。故市町村受知事之認可。而可以不設置之。準此高等小學校。而幼穉園盲啞學校及其他類於小學校之各種學校。其設置廢止。市町村亦仍不能任意。而建否宜請府縣知事之認可。其經認可而無不適宜者。得隨意欲建則建之。欲廢則廢之。若尋常小學。本爲義務。不能不定必要之校數。如東京區劃爲二十。必建二十小學校。又如町村區劃爲五。必建五小學校。或其町村小。與他町村組合而爲學校組合。又或如東京極大之市。分爲數區。而定兒童通學之學校。無論用何方法。總不外講便宜之法。使受義務教育也。

町村立之外。有私立小學校。其中又有所謂代用私立小學校者。蓋以私立小學校。代公立小學校用之。其在於市者。必經知事之認可。在町村者必經郡長之認可。

府縣知事與郡長。於市町村之關係。前曾言之。如市爲知事監督。町村爲郡長監督。因此故於小學校令。凡町村之事。無論何時。必經郡長認可而受其監督。市之事。無論何時。必受知事之監督。此監督之官長。有知事與郡長之別也。

代用之期。有越四年者。過四年而繼續之。則又必經監督官廳之認可。然即代用之學校。其教授管理衛生等必適當。而成績之良亦不可少。小學校爲市町村義務。必不可不建。其不能自建而代用私立小學校者。爲例外之事。詳言其事之所由起。蓋爲町村未暇建已之學校。或其資力不足。或爲他事需經費。而設置小學校之金不充足。或雖有資力而從來之寺子屋已極發達。足以代用於公立小學校。則即以此代爲公立之義務。而教育兒童。

設置市町村立小學校。而町村宜負擔之費用。凡分爲三種。第一設備及維持之費用。第二職員之俸給旅費。及其他給與。第三校費。此等費用。皆町村負擔之。於設學校組合時。則其學校之組合負擔之。分劃其學校爲各區時。則各區負擔之。總之此等公共費用。町村之地方團體。所不可不任者也。或町村不能負擔其費用時。由郡補助之。或市不能負擔時。由府縣補助之。府縣又能給與相當之補助於郡。

尋常小學校原爲義務敎育。國民不可不受。而不能徵收授業料。無所謂月謝也。故小學校以不出授業料爲原則。唯萬不得已而欲徵收之時。必經知事之認可。乃可以取一定之授業料。至其本體。無月謝主義。蓋於强制義務敎育之性質上。無取授業料之理也。

小學校之設備規定。於施行規則之第四條。即校地校舍體操場校具者。適應於學校之規模。而不可不備之物也。校地必選無害於道德上衛生上。而便兒童通學之處。學校之校舍。必適當於教授上管理上衛生上以質朴堅牢爲宜。又依土地之情況。而設教員之住宅。

小學校教科書。用文部省所編纂著作者。除修身。日本歷史。地理。國語讀本。及其他書物。爲文部省所編纂著作之外。其他則用民間所著述。而經文部大臣檢定者。換言之則小學校之教科書。以文部省著作爲本體。或屬特殊之科目。而民間之著書。亦得檢定用之。前於官制所言圖書審查會者。即設於文部省而爲檢定者也。又有編修官。爲修文部省之書物者。乃近年所新設。

小學校之教科書。文部省從來非常苦心。今略舉其沿革。當初爲文部省所編纂。至後則執檢定民間書物之主義而採用之。乃設審查委員於各府縣。然於多數書籍之中。擇可用者定爲圖書。而教科書書肆遂生種種之弊害。至近年乃由文部省編纂之。(如修身書等)此修身書之編纂。使繪與字二者相併合而兒童易解。即第二學年用之本也。三學年用。四學年用者。則繪無多。一學年所用者。則無書。惟有繪畫而已。稱之爲國定教科書。依於經驗家及學者之精選此本。而印刷之。故費用亦甚廉。殆比從來之書物廉一半餘矣。兒童之數甚多。需書甚廣。而教科書屋各競爭希採用。或至行賄賂於其間。雖設極嚴重之條例。而仍然運動之結果。激烈之競爭至釀從來種種之弊害。因此而政府乃決然爲國定之書。然祇限於修身科各種。其他如裁縫。手工。理科之類。爲特別科目。故近時文部省之本。與民間之本皆混用之。至國定書之印刷販賣許民間爲之。惟不得編纂而已。此書之編纂印刷。亦皆注意。其字大而不妨眼之視力。紙之色質。總由衛生上而用適當之方法。中學校英語書字雖宜小。然小學校則字宜大。此極不可不注意。若近視者多。則設備上尤宜注意於光線之取方也。

自是請言教員之事。教員有正教員。準教員。正教員中有本科正教員。選科正教員。教授小學校之教科。準教員補助正教員者也。本科正教員教小學校全體之教科者。選科正教員。如圖畫、唱歌、體操、裁縫、英語、農業、商業、手工、各種特別科目。專教限於一科者也。爲教員者。必有免許狀。免許狀有普通免許狀。府縣免許狀二者。普通免許狀。文部大臣授之。而有效力於全國。府縣免許狀。知事授與之。僅於其府縣有效力者也。然雖如此規定。而教員之數。常苦不足。故不得已之時。則未有免許狀者。亦得爲代用敎員。即如以代用小學校。而代公立小學校也。在於貴國。亦必至師範學校卒業生多時。乃能充足。此時想不能不執行特別之方法也。

小學校之學校長。不特別置之。即以其學校之本科正敎員兼之。凡與敎員免許狀。於各府縣有所謂檢定委員會者。蓋審查其資格。而合格者則與以免狀。或有不良之行爲。則褫奪其免許狀。

小學校長及敎員。因敎育上必要。可加懲戒於兒童。但不可用體罰之事。小學校敎員。依市長或郡長之申請。而知事任免之。其身分有判任待遇者。爲府縣知事所監督。故得以懲戒之。小學校長之俸給。一月以七十五圓爲最高級。特有功勞者。則可增至百圓。其服務之關係並俸給。有細目之規定。請君就此條文而覽之。在於敎員。又特別有市町村立小學校敎員退隱料。及遺族料。故有因相當之年限勤勞而退者。則與以退隱料。一時扶助金。遺族扶助金。一時賦與金。以使之安其地位。此事關於特別之法律命令。願君調查之。

幼稚園者。滿三歲以上至六歲以下之兒童入之。常以發達其身體。使之健全。而養成養良之習慣。補助家庭教育爲目的。其保育之項目。不外遊戲、唱歌、談話、手技、數者也。

盲啞學校。及其他類於小學之各種學校。無別設之規定。臨其時與情形而隨意爲之。

盲啞學校。我邦之東京有官立者一。京都有市立者一。餘不甚多。驟欲推廣。最爲困難。然使不幸之人。仍受文化之賜。東京之盲啞學校。爲其模範矣。

小學校之上。有補習科。其目的在使補足練習小學校之教科目。其教科目由設立者管理者任意定之。以教授適切於土地情況及業務之事項。我邦小學校國語一科。甚覺困難。而於最近之現行小學校令施行規則。減從來所用漢字。惟以千二百字爲限。此漢字與日本固有之假名混用者。故兒童學之甚難。蓋漢字之外。又須用外國語言。故小學校用之漢字。不能不限定極少之數。何以故。小學校者。施國民以日常必要之教育。自此以上。則於中學校及專門學校學之。小學校則僅以此爲宜。故小學校國語教科書。即依此而編纂。

自是請言中學校。而先述其沿革之大體。明治十四年。頒中學校教則大綱。設初等中學校。高等中學校。於畢業小學校者。授以小學以上稍高等之普通教育爲目的。非專門教育也。明治十九年。廢初等中學校。高等中學校。而設尋常中學校。高等中學校之二種。明治二十七年。高等學校令出。同時於前之尋常中學校。去尋常二字。而稱爲中學校云。

三四

高等學校。教專門之學科。而一方附設大學之豫科者也。依此而觀之。則前所言初等中學校。高等中校學。與尋常中學校。高等中學校者。殆分中等教育爲二階級。然明治二十七年以來。高等普通教育之機關。單在於中學校一種。無尋常高等之區別也。現行中學校之法令。發布於明治三十二年。其施行規則。成於三十四年。現定中學校之目的。而中學校者以施男子須要之高等普通教育爲目的。(女子高等女學校亦同)

中學校各國皆極力研究。又往往有困難之問題。在德國有「キムナジユーム」「及リヤールギムナジユーム」「オーバーレヤルシユーレ」之數種中學校。於我邦爲一種。然德國有數種之中學校。而其修業年限。或爲九年。或爲七年。我邦有五年修業年限。墺地利八年。佛蘭西亦八年。英吉利中等教育。實爲渾沌。其講中等教育於何處。

未有一定。蓋英吉利者無制度而從習慣之國。無論何事。皆未定明確法文。其於中學校亦類此。然亦有未渾沌者。余近日視察英吉利。蓋頻頻調査其關於中學校者也。德國之「ギムナジユーム」佛蘭西之「リセー」英吉利之「ヤコンダリースクール」セコンダリーエデユケーション」即所謂中學校也。

在府縣必不可不建一校以上之中學校。至少亦必須建一校。應土地之情況。而爲必要之時。則不可不設數校。故市町村必有小學校。府縣必有中學校。而北海道亦有之。文部大臣認爲必要之時。可命增設中學校於府縣。文部大臣於教育上能監督府縣知事。故得以命其設置。隨小學校之發達。而中學校至今日覺尙未足。全國約三百校。有統計書一册。可覽之矣。中學校之經費。屬於各府縣負擔。至於郡則市町村依其土地之情況有必要之情形。而無妨於小學校教育者。乃得以建中學校。蓋市町村之義務惟建小學校。使皆建中學校。至爲困難。若建小學校而尙有餘力。又必視其土地情况與必要而設置之。故中學校者。爲府縣義務所宜建。市町村能建之亦善。即有資力。則私建亦無不可。又因有必要而可設中學校之分校。其爲國建者。爲官立之中學校。

附屬於高等師範學校即如前所云官立小學校附屬於高等師範學校供敎員之敎授用者也在德國立中學校甚多

中學校之修業年限爲五年而設一年之補習中學校容生徒之數約四百人有特別之事情則容六百人分校容三百人以下又一學級之生徒必在五十人以下此皆從敎授上管理上之必要而限制人員若生徒太多則敎授不能周徧故一班生徒以少爲貴雖五十人亦覺稍多能爲三十人尤善但級數小則需敎員與校舍必多故以五十人爲適當五十人者大體限制而不可逾其額也中學校入學者年齡十二歲以上大概已畢高等小學校之二學年者或有同等之學力者中學校之數因不能容希望入中學者之全體則行競爭試驗而後得入之

中學校之校地校舍亦仍選無害於道德上衛生上之地日本之中學校於寄宿舍採任意之制而可設可不設佛蘭西英吉利多用寄宿舍制德國以無寄宿舍爲本則然寄宿舍亦間有之

中等敎育德國特有嚴格之取締中學校敎育極嚴重而於大學全與以自由大學者

以教授自由。勉學自由爲主義也。

中學校之教科書。經文部大臣之檢定。地方長官（即知事）之認可而學校長定之者也。經文部大臣之檢定者。爲使用教科書之必要。經文部大臣之認可者。一時可任其使用。例如私家著書。雖甚佳。然尙未爲文部省檢定者。而檢定之必須詳密審査。以至一月或二月。於其間有一時認可之事。而暫用之。中學學之教科書。任民間著作。而無由國定者。蓋其學科亦高尙日進月步而未有已。故民間著書。經檢查而善者則用之。不能限定於用何書也。

中學校之教員。必有文部大臣授與之教員免許狀。中學校能取授業料。或因特別之故而減免之。中學校之學科。爲修身、國語、及漢文、外國語、歷史、地理、數學、博物、物理、及化學、法制及經濟。圖畫、唱歌、體操。外國語者。英語德語佛語之一也。法制經濟、唱歌、或可闕之。此等學科。即應今日文化之程度。而與中等國民以必要之普通智識。培養品性。完全體育爲其目的也。其詳細規定如各學科之要旨。教授之內容方法等。有學校令施行規則。從第二條以至第十三條。規定極爲詳密。生徒之入學、在學、退學、懲戒等。

亦有詳細規定。今略之。在中學校之學生。有徵兵猶豫之特典。雖採國民皆兵之主義。然中學校之學生。在學中時至滿二十八歲特許以徵兵猶豫。（爲妨勉學）又其已卒業者。有爲一年志願兵之特典。普通兵隊。不可不行三年。中學校之卒業生。則爲一年亦可也。又卒業中學校者。得爲士官候補生。又據文官任用令。而有採用爲任判官之特典。又有直入學於他專門學校之資格。若當小學校敎員之檢定。則有特別之權。此與中學校卒業者以一種之資格也。

學生大意　四

日本文部省參事官田所美治述　劍川周鍾嶽譯

對於男子之中學校。而爲女子高等普通敎育之機關者。有高等女學校。古來全無女子之敎育。至近年始覺女子之必需敎育。與男子同。雖昔時貴國女子之中。亦仍有學問者。日本亦詩人歌人如文學者之類。大半出於女流中。然唯好事之家。或發揮其所長耳。至欲授以與男子相同之普通敎育。則爲明治近年之事。故女子敎育始終附男子敎育之後。而發達未若男子敎育。夫掌家庭之敎育者。爲女子必要之事。在明治政府。亦於維新之後。思奬勵女子敎育。或遣派女子於海外。而爲留學生之制度。如今東京津田梅子者。即三十年前之官費留學生也。其他設官立之小學校。而爲種種以奬勵之。然往往因女子之敎育。而爲種種之風聞流言。以受挫折。或仍以女子爲無甚要。只能掌家庭之事即足矣。雖別有小學校。然常有女子無需高等敎育之說。女子敎育。因而隆替。以至今日之情況。即於小學校。而女子敎育。常不免劣於男子。今日小學校

四〇

之盛。蓋爲義務教育。始終監督之結果。然女子教育之普及。猶不能期。雖有小學校。而女子往往有不入者。因此而就學之數。甚減於兒童。例如百人中就學者。男子則多至九十五人。女子不遇六十人。七十人。若於田舍僻遠之地。則男子至八九十人。女子惟二三十人而止耳。小學校尚如此。況高等之女子教育乎。但近時女學校之發達。隨男子之教育。而女子教育。亦漸漸進步。而加整理。近日發布高等女學校令。殆適用與中學校相同之規則也。初高等女學校令之事。規定於中學校令中。明治二十八年。高等女學校規定初告成。至三十二年。乃有現行之高等女學校令。高等女學校。即施女子以必須之高等普通教育爲目的也。於北海道及各府縣皆不可不設置高等女學校。恰與中學校同。其費用府縣負擔之。如郡市町村有必要之情形。亦得設置之。府縣爲義務宜建者也。郡市町村因必要而無妨於小學校教育。則建亦善。又郡市町村立之高等女學校。有相當者。可從府縣費而補助之。或有資力亦能私立高等女學校。官立之高等女學校。仍然附屬女子高等師範學校。於宮內省別建華族女學校。在高等女學校。非如中學校之別有特權。如徵兵猶豫。一年志願兵。文官判任官之類也。高等女

學校之 業年限有四年。但依土地之情況。而或爲五年。或爲三年。與中學校異。蓋察土地之情況。應文化之程度而伸縮之。

又高等女學校。置二年以內之補習科。入學之程度。亦仍爲年齡在十二歲以上。卒業高等小學校之二年者。與中學校無異。爲女子完成中等社會教育之時期。蓋十二歲卒業高等小學校之二年。至十六歲則卒業高等女學校。雖其補習科年限爲二年。然普通滿十六歲卒業也。此後一二年間。教以家庭之事。十八九二十許時則嫁。是則女子者以先受普通教育。作中等社會婦人。而能自立爲目的也。

高等女學校。本科之外。又置技藝專修科。或二年乃至四年。因已卒業而不入補習科。惟專擇一學科者。例如好美術者則與以學美術。好裁縫者則與以學裁縫。蓋爲卒業後。而尚欲學者。置專攻科。補習科必修全體。專攻科則特修一科者也。高等女學校之學科。爲修身、國語、外國語、歷史地理、數學、理科、圖畫、家事裁縫、音樂、體操。因此而三年之高等女學校。則減外國語。外國語者。英國普通語也。又隨意科。從生徒之志望而受之。女子於外國語。非其所必需者。又音樂亦爲隨意科。此外又有加以教育或手藝者。

其學科程度。仍規定於高等女學校令施行規則。從二條以至十五條。極爲精密。女子學科。課以體操。其結果至近來於女子之體育。極見改良。貴國女子所宜彷行也。日本女子。從來亦專居於內深閨閉處。而不運動。故身體不强。足亦柔軟。而不能十分發達。上等社會之女子。身體尤爲虛弱。近來高等女學校令出。漸見女子教育之精良。體操亦極嚴重。故非常發達。而女子體育。遂至有良結果。雖未及歐羅巴婦人之健康。然已漸近之矣。貴國此後。亦極宜注意女子之體育。女子之强弱。不止關其一身。其影響實及於子孫。故於女子教育。望從早決斷而極力奬勵矣。

高等女學校之生徒數。與中學校同。以四百人爲度。依於別故而許以可增至六百人。自是以上。則於管理上未宜。故禁之。一學級之生徒數。亦限於五十人。其他學級之編制。教員之數。及設備等。皆準中學校之規則。教科書亦同中學校經文部大臣之檢定。爲地方長官所認可者。而學校長定之。高等女學校教員。亦非有文部大臣之免許狀。則不可。唯近今因教員未足。故無免許狀者。亦因此特別之故而得採用之。

高等女學校。亦通以有授業料爲本則。蓋爲隨意教育。而非義務教育故也。或因有特別之情形而減免之。但我邦一般之授業料甚少。非如外國以授業料維持學校爲目的也。私立學校皆然。公立學校或有以授業料充維持之一部費用。然無負擔其全部者。以極廉之料而爲教育。此日本教育之美質也。授業料之額。各學校皆低。特於官立學校公立學校。取有名無實之額。或一圓。或一圓五十錢。外國不能如此。所取較多矣。不據高等女學校令之規定。雖以施高等普通教育爲目的之處。亦不能懸高等女學校之額。但可稱女學校耳。

中學校高等女學校。其教授之要目。皆有規定。即詳載如何之分量。以如何之程度教授之。而編纂教科書。及施教育。皆以此爲標準矣。

次則請言師範學校之事。師範學校。其來已久。最宜注意。蓋爲養成教員之所也。在貴國爲今日之一大問題。即我學制初起。同時於教員之養成。爲必要之事。明治五年。設師範學校於東京。是爲初設之第一師範學校也。六年乃起於大阪。宮城。七年起於愛知、廣島、長崎、新潟。又於七年東京師範學校中。設女子部。八年又設中學師範部。(東京師範學校、其後乃獨立、而成爲高等師範學校)而此等皆官立而由國健者。明治十年十一年頃。廢官立各地之學校。而委任之於府縣。（官立者、獨有東京而已、在各地方者皆廢之）由官稍與以補助金。或時時從政府頒物理、化學、機械、標本以與之。蓋因養成敎員。故特別補助。始終不衰以與敎育。不能不以此爲法制之始。十六年、學校通則出。十九年有師範學校令。三十年有師範敎育令。即今現行之師範學校令也。又於其間設地方敎員講習會。於師範學校之傍。以竭力於敎員養成之事。師範學校令中。分師範學校爲二種。一高等師範學校。一師範學校。高等師範學校者。養成師範學校。中學校。高等女學校敎員之所也。師範學校。養成小學校敎員之所也。其程度各異。高等師範。女子高等師範。於此等之學校。特宜竭力養成純良親愛威重之德。與他之學校不同。敎員爲人之師表。故於規則中如斯之事。皆宜規定。但規定之上。尤不止爲空文。而不能不實行。師範學校。仍然屬於府縣之負擔。各府縣建之。高等師範學校。高等女子師範學校。爲官立。而文部大臣管理之。

師範學校之修業年限。爲四年。女子三年。各府縣立一校或數校。其學科目爲修身、敎育、國語、漢文、歷史、地理、數學、物理、化學、博物、習字、圖畫、音樂、體操、依土地之情況。而授以外國語、農業商業、手工之一科目或數科目。師範學校。本科之外。置簡易科。豫備科。小學校教員講習科。幼稚園保姆講習科。簡易科。以速成尋常小學校之教員爲目的。隨就學兒童之增加而教員益形不足。乃以速成者補充之。故師範學校者。爲養成小學校教員之所。然尚有程度較低而僅足教尋常小學校之教員者。不可不速成之。此簡易科之所以設、也。豫備科不必詮解。小學校教員講習科者。常講習小學校員新經驗新理想之所也。幼稚園保姆講習所者。養成幼稚園保姆之所也。皆因便宜而附屬於師範學校。師範學校養成生徒之數。有特別之勅令。須推算其府縣之人戶而養成之。此最繁雜。今不詳述。要之每年募集師範生徒之數。其卒業者必定充府縣內學齡兒童教員之數而不可少也。一學級之生徒數。以四十名爲限。雖中學校五十名。然此因欲施完全之教育。人數尤宜少。故減至四十名爲度。師範學校之生徒。(一)宜身體強健。品行方正。而適當於小學校之教員者。(二)有尋常小學校本科準教員之免許狀。或有同等以上之學力者。(三)男子年齡十六歲以上二十歲未滿。女子年齡十五歲以上。二十歲未滿者。先爲試驗生。於四月間假定入學。以審查其姿勢品行。而適當者乃許以入學。

生徒之學資。從府縣寄附之爲本則。私費生爲例外。師範學校生徒卒業者。有服務之義務。即一定之期間。一定之年限。而從事於自己府縣內小學校教員之職。男子十年。女子五年。但男子五年間女子三年間從事於其知事所指定小學校教員之職者。特可以五年三年。（男子五年、女子三年）、別任官立公立學校。關於學務之公職。十年義務中。有五年不可不從事於府縣知事所命之小學校。此後不必知事之命。亦可從事於學校之教育事務。故有不盡義務。或受褫奪免許狀者。宜償還在學中所給與學資之全部或幾分。

府縣之師範學校。置附屬小學校。爲其師範生徒（名之曰教生）練習教員之所。私費生之服務年限。男子三年。女子二年。至師範學校教育之要旨。其學科日程度等。有師範學校學科程度之規則。願君覽之。在德國師範學校爲國立。有三年修業年限。豫備科二年。佛蘭西與日本同。爲府縣建。年限三年。英吉利取各州之組織。而有所謂 pupil tea cher system 者。初爲見習師範。而執小學校之敎鞭。受二三年試驗後。乃入師範學校。師範學校。宜爲二年。日本則入學校而後練習。四年卒業。其餘一年間。乃應用學理而練習之也。英吉利於見習生行競爭試驗。則入學而敎以學理。其制度想不甚宜。墺地利仍爲國立。

高等師範學校。爲養成中等學校敎員之所。即卒業者。可爲中學校、高等女學校之敎員。或師範學校之敎員也。今之師範學校。原起於德川政府所建之昌平黌。始研究小學校之授業法。漸漸發達。而成師範學校。高等師範。

高等師範學校。本科分爲國語漢文部、英語部、地理歷史部、數物化學部、及博物部。其他有豫科。研究科。豫科即前之豫備科。研究科現卒業本科者入之。豫科一年。本科三年。研究科一年乃至二年。高等師範學校之敎員者。官吏也。此等學校。皆直轄於文部省。無敎員之免許狀。而純爲官吏矣。

定員爲五百名。應於必要而置專修科。選科。高等師範學校卒業生。仍然有服務之義務。其服務年限爲七年。私費生三年。又有給與一部之私費生者。半官費。半私費也。其服務爲五年。專修科卒業生。亦爲五年。其中各五年從事於文部大臣所指定之學校。

女子高等師第學校。爲文科、理科、技藝科三者。修業年限四年。各有附屬學校幼稚園。以爲授業之實地練習。研究科。專修科。選科。仍因必需要而置之。

高等師範學校豫科。及官費生。依於師範學校中學校之學科程度。施試驗而使之入學。女子師範學校亦準此。女子高等師範學校卒業生。仍有五年間服務之義務。準官費生三年。私費生二年。故不盡其義務者。有裁制。仍然使償還學資。

爲高等師範學校生徒之授業練習。而附屬以中學校。又附屬小學校。其小學校。一則以師範生練習授業爲目的。一則以研究小學教育之教授法爲目的。女子高等師範學校亦準之。而有高等女學校與小學校。又有幼稚園。此間屬於小學校之編制。有種種之方法。分爲一部二部三部。一部者高等小學校與尋常小學校合併者。由此卒業則入於中學校。二部者高等小學校與尋常小學校合併者。而不能即入中學校。三部多貧民之子弟。而爲單級學校者也。君可至高等師範學校之附屬小學校而親覽之。則小學校諸種之大要。可以悉知。茲不及備述矣。

學制大意 五

日本文部省參事官田所美治述　劍川周鍾嶽譯

附屬於高等師範學校。女子高等師範學校者。又有官立之臨時敎員養成所。雖高等師範學校。女子高等師範學校每年養成全國之中等敎員者不少。然因學校之增加而仍不足。故欲速成必要科目之敎員。作臨時敎員養成所。以附設於便宜之學校。此從明治三十五年始。雖屬臨時速成。而極爲必要之機關也。現於其中置國語漢文科。英語科。數學科。博物科。物理化學科五者。修業年限爲二年。即東京帝國大學中所置之第一臨時敎員養成所。敎國語漢文科博物科二者。第二臨時敎員養成所置於第一高等學校。而敎物理化學科。第三臨時敎員養成所置於仙臺第二高等學校。而敎數學科。第四臨時敎員養成所。置於京都第三高等學校內。敎英語科。第五臨時敎員養成所。置於東京外國語學校中。敎英語科。此皆以二年速成而造敎員者也。敎員之養成如此。然尚有不足。所謂有免許狀者。不足以補充正當之敎員。乃以假敎員補充之。中學校教員。雖不可不用有免許狀者。然於不得已之時。則以未有免許狀者代之。

自是請言專門教育。而先言第一高等學校。與大學。高等學校令。出於明治二十七年。前此明治十九年。有中學校令。而置高等中學校。明治二十一年。高等中學校。全國共置五處。至二十七年。而變爲高等學校之名稱。原來中學校分爲高等尋常二種。高等學校者。即中學校之高等者也。二十七年以來。高等學校。爲教授專門學科之所。但爲入帝國大學者。而設豫科。其性質乃一變。即原爲普通教育之機關。同時又爲大學之豫備科也。高等學校令發布以來。高等學校爲專門學校。但附設大學豫科。故本體雖爲施專門教育之所。而於事實則增加帝國大學豫科之需要並容積也。高等學校。當時有第一第二第三第四第五者。近日又有岡山第六高等學校。鹿兒島第七高等學校。以今日計之。高等學校。共有七。皆官立也。高等學校之專門部。當時依高等學校令而置之。高等學校醫學部。分爲五處。惟千葉、仙臺、金澤、岡山、長崎有之。又於京都有法學部。工學部。京都熊本皆有之。所謂大學豫科。爲入大學必要之豫備科。其生徒年年增加。故高等學校。雖以施專門教育爲本體。然近今以來。變其當時之性質。其實皆成爲大學豫備科。僅有熊本之工學部。爲專門教育而已。外國凡卒業於「ギムナジユーム」者。可入大學。然其「ギムナジユーム」年限爲九年。我邦中學校之普通教育止五年。故外國語未足。因此而設三年間之豫備校。以接續大學。日本較外國。大學程度頗高。大學豫科。修業年限爲三年。其入學程度必中學校卒業者。以中學校卒業生入之。其人數始終甚多。因今日之情形。可容千五六百名。而希望入學者。往有五六千人。無論何時。惟選拔其以競爭試驗而得優等者。不能如希望入學者之多數也。雖建幾學校亦不足。近來獎勵實業教育。而思想漸々移於實業之方。然希望而不得入者。尚有四倍五倍之多矣。

高等學校大學豫科。分爲一部二部三部。一部者爲他日欲入學於法科大學。文科大學者也。二部者爲他日欲入學於工科大學。理科大學。理工科大學。農科大學。醫科大學之藥學科者也。三部者爲希望欲入於醫科大學者也。各部之學科。極爲繁雜。不及備述。其第一所盡力者。則外國語也。欲入大學者。不可不修二種外國語。此今日之規則也。於英語德語佛語之中。擇其二者。例如欲入法科大學。文科大學者。一週間總體之學科。有三十餘時間。則十八時間爲語學。英語九時。德語九時。如入醫科大學者。以德語爲主。宜有十三時間。英語約三四時間。殆費全力於外國語。日本於今日。如此獎勵外國語。依外國語之書物而得智識之一端。甚得力於教育也。貴國之字甚爲難記。又欲加其上以二種外國語。而始能入大學。試計算教育最長之時間。其費於漢文、英語、德語者。實多也。日本中國果能發達理科之學問於東洋。則無需藉外國之書物。然今日尚未及此。故不能不用外國語。近今歐羅巴各國之留學生。約百許人。留學三年而歸。則採用於各專門學校之教授。每年來往賡續約二十人。當初多至百二三十人。近頃少減。蓋因戰爭而少送也。戰爭平後。當復之。明治維新以來。遣送不絕。而大學之教師。今日以留學生充之。無必資外國人矣。

自是請言大學。日本大學甚難。其程度與各國異。如亞米利加凡教專門學科之所。皆云大學。其程度有高者。亦有低者。多爲私立學校。多數之大學。錯綜混合。名爲大學。然以程度言之。則不及。如「ハーバート大學」、「ジョンスホプキンス大學」、エール

大學」爲有名之大學。可與日本匹敵。此外則程度低者頗多。英吉利以古中世之大學而今續之。如「ケンブリッヂ」「オクスフォード」各處。然無研究專門學術之蘊奥者。仍教一般學科普通文學的哲學之事耳。故因此而專門學術之程度。仍然低於日本。德國大學。極類似於日本。蓋一則德國之大學。爲學問之府。一則有最高之專門學校也。佛蘭西稱各專門學校爲大學。與各國無異。以是觀之。各國比較日本。誠不及矣。

日本之帝國大學。有所謂帝國大學令者。發布於明治十九年。以教授國家所須要之學術技藝。及講究其蘊奥爲目的。即於一方養成國家須要專門之人物。例如養成文部省之官吏。及實業家技術家。皆講究國家所需要之專門學術技藝也。於一方研究學問之蘊奥。以謀日本學問之日益發達。此二目的於大學有之。

帝國大學有大學院。與分科大學。大學院即令講究學術之蘊奥者。分科大學。爲教高等專門學術之所。大學院乃分科大學卒業生入之。以更研究學科。目下有東京帝國大學。與京都帝國大學二者。東京帝國大學。分爲法科、醫科、工科、文科、理科、農科。於京都者分爲法科、醫科理工科。至近年因醫科之需要日增。乃於九州之福岡。京都之醫科大學。置第二醫科大學。又擬置文科大學於京都。今日收容於東京者。尚未充足。故京都尚未設置。將來則文科大學。於京都亦當置矣。

帝國大學有總長。總括東京與京都。其總長諮詢之機關。置評議會。又有各分科大學之教授會。議論重大之事而施行之。各分科大學。有分科大學長。於東京有六人。分科大學之教授。稱教授及助教授。其他因必要之事而置講師。有功勞於帝國大學。或於學術上有功績者。則依勅旨或文部大臣之推選。而與以名譽教授之名稱。又於帝國大學置講座。以各學科之教授擔任之。如憲法講座。國法講座。民法講座等是也。帝國大學之修業年限。因分科而各異。各科三年。醫學科四年。卒業高等學校大學豫科者入之。其他尚有收容之餘地。一般募集。而試驗入學。然近日從高等學校而來者甚多。故不用募集試驗之事。往往由高等學校卒業而來者。依其志望之學科而試驗之。例如大學能容十人。而由高等學校來者十五人。則行競爭試驗而僅收十人。餘五人。則待翌年。

帝國大學。置有選科與研究科。又因分科大學之便宜。而置種種之十學科。例如醫科大學之產婆講習科。對於一般之醫者而置國家醫學講習會。於農科大學。設農科簡易之方法。而置實科之類是也。又應臨時之用。而有附設於大學者。研究科者爲卒業大學而尙欲研究者置之。與大學院異。其學科乃隨意者。研究科年限二年以內。大學院爲五年。但大學院經敎授會之議。乃許入學。必其學術甚優足講究學問之蘊奧者乃許之。研究科則無論何人。凡卒業生皆許入矣。

大學院卒業者。授以博士之學位。各分科大學卒業者授以學士之稱號。學位有由請求而得博士者。有由大學院卒業而成者有由博士會投票所得。申請於文部大臣。而文部大臣許之者。有爲各分科大學之敎授。依大學總長之推選。而文部大臣授與之者。合之共有四種。

分科大學學年。或爲三年。或爲四年。然於法科大學。因執行驗試之方法。而廢學年制度。其受驗生分四次。依於試驗之程度而區別之。故不能從學年之制度。每年一行試驗。其試驗合格。共有四次。乃得爲卒業生。故少者必四年。多者或八年、九年、十年不等。此惟法科大學爲然。其他各科大學無是也。外國之大學。各有甚長之歷史。古歷史上之所謂大學者。分爲四科。即神學、哲學、法學、醫學是也。日本無神學部。雖因各分科大學。而有採用 nniversity 大學之意。然無四分科大學之制也。凡在東京者有六。在京都者有三。大概仿於德國中世以來大學之組織。日本學生非常勤勉。因大學行最嚴之試驗。而日本大學卒業生與外國大學卒業生。足相比肩。大學卒業者。於法令上與以種種之特權。或免除文官高等試驗之豫備試驗。醫科大學生直授與以開業免狀。其他或爲辯護士。或爲司法官。以有大學卒業之資格者。與以當然法令之特權。明治三十六年。專門學校令發布。以專門學校爲教授高等學術技藝之所。凡欲入專門學校。必爲中學校卒業。與高等女學校卒業者。專門學校之修業年限至少亦須三年。多則以四五年爲率。早稻田學校。即專門學校。雖名爲大學。而準據於專門學校令者也。

專門學校有公立私立二種。又本科之外置豫科、研究科別科。

美術學校。音樂學校。須以其天真之才相近者入之。其入學資格。非必爲中學校卒業。與高等女學校卒業者。例如咽喉之構造。自幼小時即與音樂相宜。雖程度稍低亦可。

大概日本專門教育。其基礎多置於中等教育之上。惟音樂美術稍低。能修中學校之三年級者即可入之。
自中學校卒業者。得入專門學校。自中學校卒業。而入高等學校者。又從高等學校。而得入大學。大學年限。比專門多三年。比音樂美術多五年。大學與專門異者。即在置豫科三年也。高等師範學校。亦與專門同。故大學與其外之學校。皆長三年。

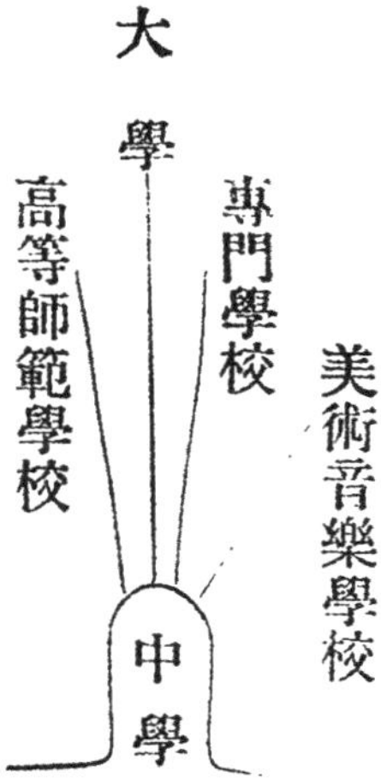

高等女學校亦準之。

普通專門學校。政府所建。如醫學校。即前高等學校之醫學部也。又東京之外國語學校。美術學校。音樂學校之類。是等專門學校之規則。各有學校一覽。故不詳述。外國語學校。研究英、佛、德、支那、韓、露西亞、伊大利、各國之語也。因商業上通譯實業並重。又設別科與夜學科。以教晝間從事於業務者。自外國語學校而出之教員亦甚多。不曾爲養成中學校之教員也。其修業年限爲三年。美術學校。有繪畫、圖案、雕刻、建築、美術模型各學科。美術之事。極爲一問題。日本美術與西洋美術始終一致矣。

大概今日之實況。專門教育以上。國家爲之。中等教育。府縣爲之。初等教育。市町村爲之。

學制大意 六

日本文部省參事官田所美治述　劍川周鍾嶽譯

實業教育。亦自明治初年以來。政府始終注意。昔時工部大學校。已有一開成所。以教理科。而駒塲農學校。札幌農學校。皆從昔時政府官立而建設者。如文學、法學、醫學、各學科。有與工業商業農業之事相關係。其目的在謀直接之國利民福。及經濟上利益之學校。則半已設立。又於中學校亦設實科學校。師範學校中。亦擇修商業手工農業之一科。蓋始終竭力者。非專在形而上之學問。而以形而下之經濟的農商工各學科。爲必要之教育也。特於近年而文部省之方針。尤重於奬勵實業教育。特別設實業學務局於文部省。以實業教育分業而特別奬勵。

實業教育。廣而言之。則專門教育之一種也。奬勵實業教育。各國皆然。近時尤爲盡力。於我邦初雖爲農務省與內務省所管理。然今日則設實業學務局。而悉收攬於文部省。小學校亦有實業學科。凡此皆國家注重實業之方針也。貴國學問。僕雖未獲親見。

然據日本之所受者。則多爲儒教之文學。日本千五六百年來所發達者。多爲文學。故形而上之學問甚發達。而實業教育。則最近乃發達矣。例如往時以商業家有學問。則反有害。然今日立於列國競爭之地位。而爲文明之商販。無論如何。亦須有與此相關之教育。適與從古之主義。成正反對。故商業教育。爲特別之一大教育也。貴國未知如何。在日本則農業工業之應用理化機械者。爲往時所未有。乃隨十九世紀文明之大勢。而一一進步。

實業學校令。出於明治三十二年。從農工商各種實業而施必要之教育也。其種類例如工業學校。農業學校。商業學校。商船學校。實業補習學校。或蠶業學校。山林學校。獸醫學校。水產學校。徒弟學校等是也。實業學校。有程度亦高。爲中學校卒業以上之人所入者。仍名實業專門學校。爲專門學校中之一種。而特附以實業專門學校之名也。實業學校。非府縣之義務。而北海道及府縣等皆得設置之。雖必應土地之情況。而爲文部大臣所許。乃得設立。然大體可任意矣。若中學校高等小學校。則府縣不可不建者。故普通教育爲第一。而實業教育次之。又郡市町村等。仍然因土地情況所必要。且不妨於小學教育之設施者。亦得建實業學校。其他如一人有資力者。亦可建之。如早稻田大隈伯所建是也。其教科書爲學校長經地方長官之認可而定之。即附帶於實業學校令而有實業學校設置廢止規則也。又以省令而發布工業商業農業商船等各種學校規則。

工業學校年限爲三年。然亦可延爲四年。其學科目爲修身、讀書、作文、數學、物理、化學、圖畫、體操、並實修關於實業之各學科目。如土木、金工、造船、電氣、木工、鑛業、染色、窯業、漆工、圖案繪畫、雖有各種工業。然惟加入關於一部分實業之學科。工業學校之入學資格。須年齡十四歲以上。及有高等小學校卒業以上之程度者。於工業學校中。又置有豫科及別科。別科依簡易之方法而教工業。又於卒業後爲研究者而置專攻科。

附屬於工業學校。有徒弟學校。徒弟學校者。與以職工必要之教育也。修學年限自六月以上。至四年以下。隨意定之。其主義蓋以職工亦不可無教育也。以年齡十二歲以上。而卒業尋常小學校者爲宜。依土地之情況。而或於夜間。或於日曜日教授之。或季節或冬夏閑暇之時。在於女子則爲欲習女子必要之工業。如刺繡機織者。而設徒弟學校。

農業學校。有甲乙二種。甲種年齡十四歲以上。有高等小學校卒業之程度者入之。其修業年限爲三年。然亦可延長一年。乙種則年齡十二歲以上。有尋常小學校卒業之學力者即可入之。修業年限三年以內。甲種農業學校。有豫科。又有別科。補習科。甲種本科之學科目爲修身、讀書、作文、數學、物理、化學、博物、經濟、體操、並實習關於實業之科目。其關於實業科目。如土壤、肥料、作物、園藝、農產製造、畜產、養蠶、病虫害、氣候、林學大意、獸醫學大意、水產學大意等。乙種仍然修身、讀書、習字、作文、數學、理科、體操、及關於實業科目之實習。此等從其便宜而分合定之。蠶業學校。山林學校。獸醫學校。水產學校等。即可以農業學校類推之。關於水產教育。亦有水產學校規程。

據商業學校規程。則商業學校。仍有甲乙二種。甲種乙種之分。並修業年限等。有與農業學校之甲種乙種同者。即準用之。甲種商業學校之學科目爲修身、讀書、習字、作文、數學、地理、歷史、外國語、經濟、簿記、法規、商品、商事要項、商業實踐、體操。乙種商業學校。其學科目較簡易。仍置豫科。專攻科。選科。凡此皆附屬於本科。而授便宜之科目。

商船學校。亦有甲乙二種。分爲航海科。機關科。有豫科。專攻科。

實業補習學校者。其目的在使從事各種實業者。得簡易之方法。而授以關其職業必要之智識技能。同時。又補習普通教育也。其程度頗低。蓋僅使練習其小學校所得之普通教育。而同時新施以實業教育耳。明治三十五年文部省令第一號。有關於實業學校之旨趣。及施設次序方法。請就此而覽之。實業補習學校。在外國以德意志爲最多。凡土地之情況。職業之種類。依其繁簡選便宜而教之。故其科目無一定。所定者惟修身、國語、算術、實業等科目。總以極廣極簡便宜之事爲目的也。其入學之資格爲尋常小學卒業以上者。實業補習科。附設於高等女學校。實業學校。及其他之學校。如此學校甚多。則隨義務教育之普及。而實業思想。深浸於國民。德國近來商工業之發達。實有可驚。皆由此補習教育而來也。貴國如已有小學校。其次則不可不講實業補習。小學校四年。幼兒滿十歲。則卒業。此後即把鋤犂。或乘船而從事於漁業。則小學校三四年間之所得。皆已忘之。故宜於農業漁期休暇之時。或夜間以教之。使補習昔時所學之普通教育。與讀書算術等。就中於漁業地方。則教以結網及水產製造法簡易之事。於工業地方。則教以工業之事爲最要。

爲獎勵實業教育。而國庫每年交付以補助金。以助府縣郡市町村實業學校之設置及維持。蓋於實業學校。用特殊之獎勵法也。雖中學校。及其他學校。皆無此補助金。現今國庫於實業學校之補助。約三千萬圓內外。其補助之學校。爲公立農工商業之徒弟學校。實業補習學校。凡有公益於實業之教育者。則補助之。補助金以五年爲一期。經五年而更有必要者。則繼續補助金之交付。農工商組合而建實業學校者。亦有特別補助。惟於私立之學校。則無補助金。如大隈伯之學校則無補助也。爲養成實業學校之教員。亦從實業教育費國庫補助金中。以八分之一補助之。如三十萬圓。則以四萬圓爲教員養成之補助金也。養成實業學校教員。爲必要之事。因設實業學校教員養成之規則。故實業學校教員。雖爲各種學校卒業者所從事。而特別又有養成實業教員之所。於師範學校。或東京帝國大學農科大學本科別科高等商業學校高等工業學校。美術學校。商船學校。水產講習所。擇學生中極相當者。補給學資。而使負實業學校教員之義務。其他於東京帝國大學之農科。以農業教員養成所。附屬之。又於高等商業學校。附以商業教員養成所。淺草工業學校。附以工業教員養成所。蓋雖建學校。而教員未善。則何事能成。近文部省雖竭力經營。然補充教員。猶未滿足。故有種種之方法受補給一年學資之生徒。其義務以一年爲期。不能不依文部大臣之指定而奉職。其餘受三年者。則盡四年義務。受四年者則盡五年義務。

僕近觀歐羅巴各國。於實業學校。皆甚獎勵。英、法、德無論矣。亞米利加亦隨處獎勵實業學校。英吉利之夜學校。有所謂「ポリテクニズム」者。其程度較獨逸低。其徒弟學校類於日本者亦多。使晝間從事實業者。夜間則習與自己職業有密接關係之學科。蓋因此等晝間多忙。故以夜間教之。而夜間所講習。即晝間所從事。於生存競爭有良結果。此我邦所以爲非常之獎勵也。

學校之種類。已歷舉如上。乃通各種學校系統及各種學校根本之地而言之也。至施設上。欲詳密而參考之。則備載於法規類抄一書中。就其書細覽之可矣。

其他文部省之事。有圖書館。又有所謂通俗教育。社會教育者。圖書館爲隨意教育必要之事。今不必再陳。至博物館則近時雖尚未充足。然附屬於高等師範學校者。有致育博物館。其他爲宮內省管轄者。有上野之博物館。奈良京都之博物館。農商務省有商品陳列所。皆許公衆之縱覽。在歐米各國。常出鉅金以爲非常之設備。於圖書館博物館實補助國民之普通教育。爲莫大之事也。而於亞米利加爲尤盛。常出數千萬金以建廣大無垠之博物館圖書館。羅列世界各國之物品。以精密觀察之。又於町村之田舍。亦因便宜而設通俗圖書館。誠爲教育普及之結果。而得此好現象也。我邦尙未及此。凡公共之事。公德思想。社會組織。與此有異。故一般道德之優劣高下。以日本比較西洋。尙有不及。謀公益之事。外國最爲發達。米洲最廣大之圖書館博物館。往々有一人爲之者。以自己之財寶。而供給衆人。未有積書萬卷而僅藏之倉庫者。此思想我邦尙少矣。或有美術品而一人獨私據之。不過爲珍玩之一具。陳列於博物館。則有益社會不少。故圖書館博物館。凡屬於美術工藝之歷史的展覽者。誠於東洋宜竭力扶殖此美德矣。

文部大臣之監督。有諸種會議。如高等教育會議。或學士會院之類是也。高等教育會議。爲文部大臣諮詢之機關。以朝野有教育之經歷者組織之學士會院者。待遇碩學嗚儒。而於一方謀學術之發達。外國學士院。亦所在多有。英、德、佛皆然。又屬於文部大臣之監督者。有中央氣象臺。講究關於氣象之事。及豫報天氣。緯度觀測所。乃與萬國測地學會結條約而爲之。又有關於諸種學術之會議體。如測地學委員會。震災豫防調查會。研究豫防地震之事也。如此關於學術之團體。總屬於文部大臣之監督管理。僕所講者止於此。若繼此而講外國之學事。計必尤有興趣。然於君非今日直接切要之圖。故所講者惟此而已。

光緒三十二年閏四月六日印　行
明治三十九年　六　月五日三版印行
著作兼發行者　昆明陳榮昌
發　行　所　雲南同鄉會事務所
東京市麴町六丁目十番地
印　刷　者　田　所　定　吉
東京市牛込區神樂町二丁目二番地
印　刷　所　翔　鸞　社
東京市牛込區神樂町二丁目二番地